Granpa'

Collection animée par Soazig Le Bail.

ISBN 978-2-84420-853-8

Loi n° 49-956 du 16 juillet 1949 sur les publications destinées à la jeunesse
Maquette : Bärbel Müllbacher

Granpa'

Christophe Léon

Roman

Illustration de couverture
de Mathis

EDITIONS
THIERRY
MAGNIER

Christophe Léon est né en 1959. Enfance tropézienne. Puis et dans l'ordre : études aux Beaux-Arts, joueur professionnel de tennis, appareilleur en orthopédie, gérant de sociétés, « artiste » peintre et, enfin, depuis 2002, il se consacre à l'écriture. Il vit aujourd'hui en Dordogne.

En littérature adulte

Tu t'appelles Amandine Keddha, éd. du Rouergue (coll. La Brune), 2002.

Palavas la Blanche, éd. du Rouergue (coll. La Brune), 2003.

Journal d'un étudiant japonais, éd. Le Serpent à plumes, 2007.

Beaux-Arts, éd. du Somnambule équivoque (coll. Fulgurance), 2008.

Écoloco, une alter-friction, éd. du Somnambule équivoque (coll. Dérapages), 2008.

Noces d'airain, éd. Arhens, 2008.

Écran plat, éd. du Somnambule équivoque (coll. Dérapages), 2009.

Mi-figue mi-raisin, éd. La joie de lire, 2009.

Je suis Richard Brautigan, éd. du Somnambule équivoque (coll. Short Stories), 2009.

En littérature jeunesse

Longtemps, éd. L'École des loisirs, 2006.

Nénuphar Grigrimaldit, éd. Alice Jeunesse, 2007.

Pas demain la veille, éd. Thierry Magnier, 2007.

Lilas doit pleurer et les moustiques piquer, éd. Oskar Jeunesse, 2007.

Grand-Père, éd. Oskar Jeunesse, 2008.

La guerre au bout du couloir, éd. Thierry Magnier, 2008.

Silence, on irradie, éd. Thierry Magnier, 2009.

Dans l'enfer de Dante, éd. La joie de lire, 2009.

Bleu toxic, éd. du Seuil (coll. Karactere'(s)), 2010.

Délit de fuite, éd. La joie de lire (coll. Encrage), 2011.

Argentina, Argentina..., éd. Oskar, 2011.

Théâtre

Quatre jours dans la vie de Thorpe, mis en scène en 2007 par la Compagnie des Amateurs.

Site Internet : www.christophe-leon.fr

Toute ma reconnaissance va à Edward Abbey et à son extraordinaire road-movie écologiste *Le Gang de la Clef à Molette* paru aux éditions Gallmeister.

Pour Ellize, en âge de résister plus
et d'obéir moins.

– Passe-moi la pince coupante, fiston.

J'avais coincé la sacoche en cuir entre mes genoux. La lampe de spéléo que Granpa' portait sur le front était notre unique source d'éclairage. Elle ne permettait pas de voir à plus de vingt centimètres, et c'est à tâtons que je fouillai dans la sacoche. La pince se trouvait quelque part dans l'attirail qu'elle contenait et que j'avais dû me coltiner jusque sous le mastodonte de ferraille.

– Alors, ça vient ? s'impatienta Granpa'. On n'a pas la nuit devant nous, fiston.

Nous avions tant bien que mal rampé sous l'engin. Il avait plu en début de soirée et une épaisseur conséquente de boue séchée encroûtait mes vêtements. Mon jean était raide. Ma chemise trempée de sueur me collait aux flancs. Mes cheveux étaient dans un état auquel je ne voulais pas penser.

– Tu trouves, fiston ?

Ce n'était pas la première fois que nous sévissions sur le chantier. La rumeur nous avait appris que l'entreprise rémunérait une société privée de gardiennage afin d'assurer la sécurité du site. Les rondes se faisaient à l'improviste et seulement certaines nuits. Nous comptions sur un mélange de hasard et de chance pour nous en tirer indemnes.

Il n'empêche, Granpa' prenait ses précautions. En plus des outils, nous trimballions maintenant avec nous un fusil Winchester. Une arme qui ne pesait pas tant que ça mais dont l'encombrement nous gênait dans nos reptations sous les engins. Pour l'heure, Granpa' l'avait posée à côté de lui, à portée de main.

S'il me laissait m'en servir au ranch, il ne m'autorisait pas son maniement lors de nos excursions. Il était le gardien de l'arme. Le seul détenteur du droit de tirer si le besoin s'en faisait sentir. Par exemple, lorsque nous croisions un vol de grouses, Granpa' ne se privait pas du droit d'en abattre une. Au campement, entre chien et loup, il la plumait et la faisait griller sur un lit de braises. Je n'ai jamais rien mangé de meilleur que ces grouses-là, accompagnées de haricots et d'un café épais et fort – ni jamais passé d'aussi bonnes nuits, le ciel et les étoiles pour seul toit et la rosée du matin pour couverture.

– Voilà, je l'ai. Tiens, Granpa', dis-je en lui tendant la pince.

Il me l'arracha presque des mains. Je l'entendis

farfouiller dans l'entrelacs des durites et des câbles. Puis il y eut un bruit sec suivi d'un chuintement particulier. Celui de l'huile de lubrification qui fuit.

– Pousse-toi de là, bon sang !

Granpa' recula en rampant et je reçus le talon de sa santiag en plein sur le nez. Je fis aussi vite que je pouvais pour sortir de cette souricière. Nous nous faufilâmes à la manière de reptiles empotés et atteignîmes l'air libre en quelques secondes.

– C'est pas possible ! J'en ai partout ! Combien de fois t'ai-je dit de débarrasser le plancher dès que tu m'as passé la pince, hein ?

Granpa' avait éteint sa lampe frontale. Une lune aux trois quarts distillait une lumière argentine qui phosphorait sur les traces d'huile. Le crâne de Granpa' en était couvert. Je me retins pour ne pas éclater de rire. Granpa', dans ces cas-là, n'était pas à prendre avec des pincettes.

En s'essuyant le visage avec un mouchoir plus large qu'une taie d'oreiller, la colère de Granpa' disparut aussi vite qu'elle était venue. L'avantage avec lui, c'est qu'il n'était pas rancunier. Ses sautes d'humeur ne duraient pas. Granpa' oubliait dans l'instant et passait aussitôt à autre chose.

– T'as rien entendu, fiston ?

– Non, rien. Il ne semble pas y avoir de ronde cette nuit.

– Ça, fiston, on en sera certains quand on aura les fesses sur les selles et qu'on sera à plusieurs miles d'ici.

Granpa' rangea son mouchoir maculé d'huile dans la poche de son jean.

À quatre-vingts ans, Granpa' était resté un jeune homme de cœur et de corps. Qui aurait fait abstraction de ses longs cheveux blancs réunis en queue-de-cheval dans son dos aurait parié son dernier dollar qu'il n'avait pas plus de soixante balais. Même son visage, buriné par le soleil et tanné par le vent et la pluie, n'accusait pas son âge.

Granpa' montait à cheval comme aux premiers jours. Il pouvait parcourir plusieurs dizaines de miles sans broncher. Contrairement à moi qui, après deux heures de randonnée, quémandais une pause pour soulager mes fesses. Mais pour rien au monde je n'aurais manqué une de nos virées.

Nous étions adossés à l'une des gigantesques roues du bulldozer. Elle nous dominait de plusieurs pieds. J'avais posé la sacoche par terre. Nous buvions à tour de rôle à la gourde en aluminium que Granpa' portait toujours à sa ceinture. Une gourde qui datait du temps de l'armée. Granpa' avait fait la Seconde Guerre mondiale, mais n'en parlait pas. J'avais appris de la bouche de mon père qu'il en gardait un souvenir douloureux. Granpa' avait participé au débarquement en Normandie, le 6 juin 1944, et avait vu la plupart de ses copains fauchés par les mitrailleuses allemandes sur la plage d'Omaha Beach. Lui-même avait été touché à l'épaule et rapatrié en Angleterre pour y être soigné.

– Bon, reprit Granpa', on va dégager. Ça en fait combien qu'on bousille ?

– Six.

– Six ? Pas terrible… On fera mieux la prochaine fois. Là, je sais pas pourquoi, mais je le sens pas…

– Quoi, Granpa' ? demandai-je, sans trop m'inquiéter.

Anxieux, Granpa' voyait du danger partout. Un esprit de persécution qui datait du temps où il avait dû abandonner sa ferme dans la région de Glen Canyon, Arizona, au début des années 1960, lorsque le barrage avait été mis en chantier et plus tard la retenue qui deviendrait le lac Powell.

– J'sais pas, fiston, une idée comme ça… Allez ouste ! On met les bouts.

Je ramassai la sacoche et la mis en bandoulière. Granpa' posa le canon de la Winchester dans le creux de son bras gauche, et nous levâmes le camp.

Nous empruntâmes une sente que la pluie avait rendue bourbeuse. Nous nous dirigions vers une hauteur boisée et baignée par les rayons diaphanes de la lune. Nos santiags s'enfonçaient dans la boue avec un détestable bruit de succion. Chaque pas demandait un effort considérable. Plus d'une fois, je faillis perdre l'équilibre. La main de Granpa' m'attrapait au vol pour m'empêcher de me ratatiner lamentablement par terre.

– Chut ! ordonna soudain Granpa'.

Nous stoppâmes notre progression. Un hibou hulula dans le lointain.

– C'est qu'un hibou, dis-je.

– Tu vas te taire, oui ! s'énerva Granpa', et il porta une main en cornet à son oreille droite.

Une des particularités de Granpa' était qu'à son âge son audition n'avait pas baissé d'un pour cent. Il aurait pu entendre une feuille tomber, le bruissement d'une aile ou le craquement d'une branche sur laquelle on marche.

– Y a un bruit derrière nous...

Je fis un geste pour me retourner dans la direction qu'il indiquait, mais Granpa' m'en dissuada.

– Bouge pas, fiston.

Je dois dire qu'il avait un don pour me mettre les chocottes. Jusqu'ici, nous n'avions jamais été inquiétés. Nous coupions des câbles. Les engins étaient réparés en quelques heures. Nous revenions deux ou trois jours plus tard et recommencions. Une sorte de rituel qui ne semblait pas devoir être troublé.

Granpa' n'était pas dupe. Les travaux routiers

en cours n'étaient pas retardés de beaucoup. Mais il affirmait que c'était un devoir pour nous d'agir. Glen Canyon lui restait en travers de la gorge. Il avait décidé de se battre, maintenant que l'histoire semblait se répéter. Sa décision était prise. Il ne vendrait pas ses terres.

– L'est pas né celui qui me prendra Bullfrog Ranch, fiston, me répétait-il au moins dix fois par jour.

C'était devenu une obsession. Bullfrog Ranch n'était pas à acheter, encore moins à vendre. On devrait lui passer sur le corps avant. Ce n'était pas l'Arizona Oil Company qui allait lui dicter sa loi. S'il y avait du pétrole à forer dans le secteur, Granpa' se vantait d'être le dernier des Mohicans. Sa terre, son ranch et ses chevaux, Granpa' ne les céderait pas pour des millions de dollars.

– Je mourrai ici, fiston, c'est moi qui te le dis.

Je détestais quand Granpa' évoquait l'éventualité de sa mort. Pour moi, il était immortel. Je n'envisageais pas de rester le seul héritier de la lignée des Hite – l'ultime John Washington Hite.

Depuis la disparition de mes parents, j'avais sept ans, je vivais avec Granpa'. Neuf années, un bail, et je venais de fêter mes seize ans.

Nous restâmes silencieux cinq longues minutes. Granpa' scruta l'obscurité de ses yeux perçants.

Eux non plus, à l'instar de son ouïe, n'avaient pas perdu de leur acuité. D'un bleu pâle, ils illuminaient le visage de Granpa'. Ils étaient deux balises dans un océan de rides. Peut-être une des raisons pour lesquelles on ne donnait pas son âge à mon grand-père.

Granpa' avait dû être très beau. Il lui restait *« le charme particulier des hommes quand ils ont perdu le besoin de séduire »*. Ça, je m'en souviens, c'était ma mère qui le disait. J'étais trop jeune à l'époque pour comprendre le sens de cette phrase. La colère feinte de Granpa', quand maman le titillait, m'était incompréhensible. Aujourd'hui, je sais. Et je sais aussi que Granpa' en était flatté, mais sans vouloir l'admettre.

– J'ai dû rêver, dit Granpa'. On avance, fiston, mais en silence.

Nous allions gravir la butte qui nous menait à nos chevaux quand j'entendis distinctement un bruit caractéristique de succion. Granpa' aussi, et il me prit par le poignet.

– Je le savais, murmura-t-il. On est suivis, fiston.

– Tu crois ? demandai-je, bien que je connusse la réponse.

– Oui. Va falloir jouer serré, continua Granpa' en chuchotant. Soit ce sont les gardes, soit c'est un animal… mais j'en doute. Les gardes, eux, n'hésiteront pas. On est sur une propriété privée, fiston.

La menace n'était pas en l'air. La société de sécurité n'employait pas des premiers communiants. Nous commettions un délit, même si Granpa' appelait ça de *la désobéissance civile.* Il me citait les Grands Hommes : Thoreau, Emerson, Luther King. Le devoir d'un citoyen était de combattre l'injustice partout où elle sévissait. Mais là, les pieds dans la boue, à au moins quatre cents mètres de notre camp, des chevaux et de tout espoir de fuite, les Grands Hommes ne m'étaient d'aucune utilité.

– Bon, trancha Granpa'.

Je n'aimais pas du tout ce *Bon.* Il l'avait dit trop fort, presque à haute voix. Question discrétion, y avait mieux.

– Écoute, fiston, à mon signal, tu piques un sprint et tu grimpes sans te retourner. Je te suis, t'inquiète pas. Tu m'as compris ?

Je hochai la tête, sans trouver les mots pour répondre. Mes jambes allaient me lâcher, j'en étais certain. Granpa' m'avait assuré que c'était dans l'action et la peur qu'on trouvait les ressources en soi de se dépasser. Il me semblait que mes ressources n'étaient pas bien nombreuses. J'en avais à peine pour respirer, et encore.

– Go ! hurla Granpa'.

Dans le même temps, il arma sa Winchester et décocha un feu nourri en balayant un arc de cercle derrière lui. Je pris mes jambes à mon cou. Je filai droit dans la colline, le diable aux fesses.

Mes ressources cachées s'étaient métamorphosées en combustible. Véritable navette spatiale propulsée par la trouille, je volais quasiment au-dessus des herbes et des arbustes. Granpa' canardait à qui mieux mieux derrière moi.

J'avais à peine parcouru une centaine de mètres, que la nuit se transforma en plein jour. Je faillis trébucher, aveuglé par ce qui me sembla être une armada de projecteurs. Toutes les lumières du chantier s'étaient allumées en même temps. Granpa' n'était plus le seul à jouer de la gâchette. Ça tiraillait de tous les côtés. Mes ressources se démultiplièrent. Je poussai un hurlement rageur et battis le record du monde du quatre cents mètres à travers bois, ronces et branchages. J'arrivai à notre campement, la respiration coupée, en sueur et le ventre douloureux.

– Granpa' ! criai-je quand j'eus repris haleine.

Il n'y eut aucune réponse, tandis qu'en bas on continuait de tirer. C'était comme à la fête foraine, à la différence que nous étions les pipes ou les ballons à descendre.

Je n'avais pas d'arme. J'attrapai une branche à côté de moi, prêt à me défendre. Je savais que je n'avais aucune chance contre un colt ou un fusil à pompe. À seize ans, je subissais mon premier baptême du feu. Et quel baptême !

Cinq minutes plus tard, je vis se profiler une silhouette. Le jour se levait à peine, mais pas suffisamment pour me permettre de voir distinctement. Ça tiraillait toujours en contrebas. Si c'était un garde, j'allais lui sauter dessus dès qu'il serait à ma portée, l'assommer et le délester de son arme.

Une forme humaine surgit soudain à quelques pas de moi. Je bondis et levai mon bâton pour frapper…

– Hé ! Ho ! Fiston ! C'est moi !

Granpa' apparut. Il tenait la Winchester dans sa main droite. Son visage était crispé. Il suait à grande eau.

– Plus de munitions, dit-il. On déguerpit. Je leur ai donné à réfléchir pour au moins une demi-heure, tu sais. Gardes, mais pas suicidaires. Ils doivent penser que je me planque quelque part à l'affût, et ils veulent pas jouer au gibier d'élevage. Ils vont attendre que le jour se soit levé… et sûrement des renforts. Téméraires, mais pas courageux, ces gars. Ça nous laisse le temps de mettre un peu de distance entre eux et nous. Allez, vite, à cheval !

Julep et Tobago n'avaient pas bronché. Les Quarter Horses sont des chevaux équilibrés, pas le moins du monde peureux et fidèles à leurs cavaliers. Des bêtes que Granpa' avait mises au monde. Julep, ma jument de six ans. Tobago l'étalon de treize ans de mon grand-père. À ce moment critique de ma vie, je les aimais comme des frère et sœur.

– En selle ! ordonna Granpa'.

Nous avions pris la précaution de préparer nos affaires et ne mîmes pas deux minutes à nous retrouver au triple galop.

Tobago et Granpa' filaient droit devant moi. Une vingtaine de mètres nous séparaient. La longue chevelure blanche de Granpa' rebondissait dans son dos après chaque foulée de sa monture. L'arrière-main de Tobago était puissante et lustrée par la transpiration. Julep, ma jument, suivait sans difficulté la cadence imposée par son aîné. Je savais cependant qu'elle ne pourrait pas, sur la longueur, tenir la distance sans se ménager une pause.

La robe de Tobago était d'un bel alezan brûlé. Une étoile blanche sur le chanfrein était son signe de distinction. La robe isabelle de Julep était plus claire. Son chanfrein était parcouru de ce qu'on appelle une raie de mulet grise.

Nous galopions sur un sentier de sable et d'herbes mêlés. L'air me fouettait le visage. J'étais stupidement heureux. La nature me semblait n'avoir été créée que pour moi. Les branchages, qui de temps à autre me flagellaient le visage, activaient mon sang et ravivaient mon bonheur. La vie valait décidément d'être vécue – ici et pas ailleurs.

Après quelques miles, j'avais quasiment oublié la raison pour laquelle nous foncions à travers bois. La Winchester de Granpa', rangée dans son étui arrimé sur l'épaule droite de Tobago, était là pour me rappeler les événements récents. Nous filions plein sud, en direction du Bullfrog Ranch, à quatre heures de galop.

Le premier ranch de Granpa', près du fleuve Colorado à Glen Canyon, se nommait le Kaibab Ranch. Granpa' ne m'a jamais expliqué pourquoi ce nom.

– Ça s'appelait comme ça quand je l'ai acheté...

Granpa' n'en parlait pas volontiers. Le souvenir était douloureux. Mon grand-père n'élevait pas de Quarter Horses à l'époque de Kaibab Ranch. Il exploitait une ferme de plusieurs centaines d'hectares plantés de maïs et d'une bonne moitié de riches et grasses prairies. Granpa' possédait un troupeau conséquent de bovins. Leur viande était réputée dans tout l'Arizona. Le peu que j'en sais, c'est Granpa' qui me l'a raconté.

Mes parents avaient déjà eu leur accident. Nous parlions rarement d'eux. J'avais besoin, moi, de savoir. Ils avaient disparu dans un accident de voiture après avoir participé à un concours de *cutting* en Californie.

– Ton père, disait Granpa', était un dresseur hors pair. Il était capable d'emmener un cheval là où il voulait. Au millimètre près, tu peux me croire.

L'art du *cutting* consiste à ce qu'un cheval sans cavalier isole une tête de bétail sans affoler le reste du troupeau. Dans le temps, on marquait les bêtes de cette manière. Si les animaux se mettent à courir et à se disperser, c'est autant de poids, de viande et d'argent perdus pour le propriétaire.

– Lui et ta mère sont partis tôt un matin pour la Californie. Je m'en souviens, m'avait dit Granpa', je les avais accompagnés jusqu'à la limite de Bullfrog Ranch. Leur voiture tractait un van. À l'intérieur, il y avait nos deux meilleurs Quarter. Je leur ai fait un signe de la main alors qu'ils s'éloignaient. Et puis… je ne les ai plus jamais revus vivants.

La première fois où nous en avions discuté, je devais avoir huit ans. Je vivais seul avec Granpa' depuis dix mois. À la mort de mes parents, il s'était chargé de mon éducation. Il s'occupait du ranch durant la journée. Le matin, il m'accompagnait à l'école, éloignée de trente miles. Il me récupérait le soir. Granpa' était déjà âgé, mais ne se plaignait pas.

Quand j'entrai au collège, dans ma quatorzième année, nous décidâmes que je serais interne. Je passais mes week-ends à Bullfrog Ranch, ainsi que mes vacances d'été. J'aidais Granpa' dans les travaux de la ferme. Il me permettait aussi de m'occuper des chevaux. Ce fut durant une de ces périodes estivales que nous mîmes au point nos raids sur les chantiers de constructions de l'Arizona Oil Company.

Me proposer d'y participer avait été naturel pour mon grand-père. Dans son esprit, j'étais *l'héritier*. Je devais apprendre à défendre mon bien.

– Tu sais, fiston, j'ai déjà connu le pire avec Kaibab Ranch. Dans la vie, il faut se faire une raison. Ce n'est pas parce que tu gémiras, te plaindras et invoqueras les dieux que tu seras guéri du malheur. Le malheur, vois-tu, ça se prend à bras le corps et ça se balance le plus loin possible.

Kaibab Ranch était une épine plantée dans son cœur. À la fin des années 1950, l'État d'Arizona avait décidé la construction du barrage de Glen Canyon. Il s'agissait de produire de l'électricité et de créer un gigantesque lac de retenue – le lac Powell. Pour le remplir, il avait fallu dix-sept ans.

– Ils m'ont exproprié, fiston. Ils m'ont donné des dollars pour le prix de ma vie. Et ils croyaient être quittes. Je n'avais pas le choix. Je n'ai pas cédé, j'ai été mis dehors. Depuis la fin de la Seconde Guerre, je vivais à Kaibab Ranch. J'étais respecté, connu pour la qualité de ma viande bovine et de mon maïs. Et voilà qu'on me jette dehors comme un malpropre !

Quand il en parlait, le visage de Granpa' se fermait. Son front se creusait de rides profondes. Ses yeux fixaient un point dans le lointain et ne le lâchaient plus.

– Ils ont tout inondé, fiston. La vallée est morte un jour de 1963, et tout ce qu'il y avait dedans avec. Animaux, arbres, minéraux, disparus comme par enchantement sous des millions de mètres cubes d'eau. Kaibab Ranch aussi… J'étais déjà loin, je ne voulais pas voir ça. Ton père avait trois ans à l'époque. Sa mère, Granma', n'a pas assisté à ce massacre. Elle était morte d'une crise cardiaque, quelques semaines avant. Elle était encore jeune, tu sais… Elle n'a pas supporté.

La photo de Granma' tenait la place d'honneur sur le mur principal du salon à Bullfrog Ranch. Un agrandissement en pied que Granpa' avait fait tirer. La reproduction n'était pas de bonne qualité, mais la présence de ma grand-mère était impressionnante. Je ne passais jamais au salon sans quémander son regard.

– Je suis retourné à Kaibab Ranch, du moins dans les parages, après la mise en eau du barrage de Glen Canyon. L'apocalypse, fiston. Du jour au lendemain et sur plusieurs miles, le Colorado était devenu un fleuve mort. À certains coudes, on apercevait des bêtes noyées. Elles flottaient, le ventre gonflé, les yeux crevés, les membres disloqués. Même les castors n'avaient pas résisté. C'est par dizaines qu'ils gisaient sur les berges. Une région entière venait de disparaître. Et pourquoi, hein, fiston ? Je te le demande…

À ce moment-là, Granpa' marquait une pause et se mouchait. Je crois bien qu'il pleure à l'intérieur. Je n'ai jamais vu de larmes dans ses yeux, mais je suis certain qu'elles coulaient dans sa gorge, et dans son cœur. Il soufflait de toutes ses forces. Les pans du mouchoir se relevaient. Je souriais malgré moi.

– Oui, pourquoi ? reprenait Granpa' après avoir plié et rangé son mouchoir. Pour le fric, fiston. Les dollars de l'électricité et, plus tard, ceux du tourisme. Ils ont fait du lac Powell une base nautique ! Nautique… tu parles ! Des bateaux à moteur, des pêcheurs de salon, des vacanciers huilés comme des sardines, des plages artificielles. Imagine ! Bullfrog Ranch six pieds sous l'eau et transformé en lieu de villégiature pour Américains moyens !

Le regard de Granpa' se perdait dans le vague. Il s'absentait. C'était la vision la plus tragique de mon grand-père. Celle qui me filait une frousse de tous les diables. J'avais peur qu'il ne revienne pas, qu'il se perde définitivement dans ses souvenirs, et puis…

– Je t'embête à radoter comme un vieux hibou que je suis. Allez, fiston, c'est fini tout ça. C'est de l'histoire ancienne. Du réchauffé. Maintenant, nous avons Bullfrog Ranch et du pain sur la planche…

Mais je sentais bien que ça ne serait jamais fini pour lui.

Les chevaux pâturaient une herbe grasse et juteuse. Leurs lèvres s'ourlaient d'un suc vert et écumeux. Leurs robes luisantes de sueur séchaient au soleil de ce début de matinée. Granpa' et moi étions assis à l'ombre, adossés contre un arbre, les jambes écartées. Nous buvions à tour de rôle à même la gourde. L'eau était tiède, mais nous étions suffisamment assoiffés pour ne pas nous en rendre compte.

– Tu crois qu'ils nous suivent ? demandai-je après quelques minutes de silence.

– J'sais pas.

Granpa' savait être bref quand il le fallait.

– Moi, je pense pas, hasardai-je. Où alors, faudrait qu'ils aient des chevaux. Et encore, aussi bons que les nôtres. Sinon, ils peuvent toujours courir…

– Faut croire, lâcha laconiquement Granpa'.

Je n'aimais pas quand il se refermait comme

une huître. Il me semblait qu'il me répondait seulement par politesse. Je n'existais plus pour lui.

– Granpa' ?

– Hum…

– On s'en est bien tirés, n'est-ce pas ?

– Faut croire…

La journée allait être chaude. Déjà le soleil grillait l'air de ses rayons matinaux. Julep et Tobago s'en donnaient à cœur joie. Tobago se roula soudain dans l'herbe, immédiatement imité par Julep.

– Les chevaux, eux, ont l'air tranquilles… dis-je pour relancer la conversation.

Granpa' resta coi. Quelque chose le tracassait.

– Y a un problème, Granpa' ? demandai-je, convaincu qu'il ne me répondrait pas.

Ce en quoi je me trompais.

– J'sais pas… Ce que je trouve bizarre, c'est ce canardage en règle. Je ne suis pas certain que des gardes d'une société privée auraient ouvert un feu aussi nourri. Y a quelque chose qui cloche, fiston.

– Quoi donc ?

– Je te dis que je sais pas !

La réplique avait été sèche. Je baissai la tête et regardai la pointe de mes santiags.

Je ne sais combien de temps passa avant que Granpa' ne me secoue rudement par les épaules.

– Regarde. Là-bas.

J'étais dans la cuisine à Bullfrog Ranch quand le 4 x 4 du shérif du comté s'était immobilisé dans l'allée. Granpa' était sorti sous le porche, tandis que le shérif descendait du véhicule.

Granpa' n'avait jamais aimé ces gros engins qui soulevaient sur leur passage des nuées de poussière.

– On croirait qu'ils font sous eux… Des monstres incontinents, voilà ce qu'ils sont, m'avait un jour confié Granpa'.

S'il ne se revendiquait pas comme un défenseur de la nature par principe, Granpa' en était pourtant un de fait. Sa pratique l'avait amené à penser que nous n'étions, comme tous les êtres vivants, qu'une partie d'un ensemble qui nous dépassait.

– On n'est rien, fiston, sans les bêtes, les plantes et les minéraux. Crois-moi, c'est pas la peine de se dire *supérieur* si on n'est pas fichu de préserver ce que la nature nous offre. Et gratuitement en plus !

Granpa' raisonnait en homme de terrain. Il savait ce qu'il devait à la terre. Il ne détestait rien tant que ce qui détruisait son environnement, et les 4 x 4 en faisaient partie.

– Monsieur Joshua Hite ? avait demandé le shérif en s'avançant vers Granpa'.

Il portait sur le nez des lunettes de soleil. Les verres opaques lui rongeaient les trois quarts du visage. L'image de Granpa' s'y réfléchissait en miniature. Un étui et son revolver ornaient la hanche droite du shérif. Une étoile était épinglée à la poche de sa chemise. L'homme était gros et il suait abondamment.

Mes parents auraient dû être rentrés de Californie depuis la veille. Mon grand-père commençait à se faire du souci. Mon père et ma mère, comme à chaque fois qu'ils partaient pour un concours d'équitation western, m'avaient confié en garde à Granpa'.

Nous habitions tous Bullfrog Ranch avec grand-père, mais mes parents tenaient à leur intimité. Ils avaient aménagé une ancienne dépendance, un peu en retrait du bâtiment principal. Nous y vivions. Granpa' habitait le ranch lui-même. Mon père et lui travaillaient ensemble durant la journée et, le soir, chacun regagnait ses pénates. Il n'y avait que les dimanches où nous nous retrouvions dans le grand salon pour un repas en commun.

– Ouais… avait répondu Granpa' sans faire mine de saluer le shérif.

– Monsieur Hite, j'ai une mauvaise nouvelle…

– Laquelle ?

– Votre fils et sa femme ont eu un accident.

J'avais ouvert la fenêtre de la cuisine pour mieux entendre la conversation. Je n'étais pas bien grand à sept ans et je m'étais hissé sur la pointe des pieds. Granpa' avait eu un regard dans ma direction, avant de descendre la volée de marches qui le séparait du shérif resté devant le porche.

– Venez, avait dit Granpa'.

Il avait attrapé le bras du shérif. Ils s'étaient éloignés en direction des écuries. Trois ou quatre Quarter Horses avaient mis le nez hors de leur box en les voyant s'avancer. Les deux hommes s'étaient arrêtés à l'ombre, sous un auvent. Ils avaient discuté quelques minutes, avant que le shérif ne quitte Granpa' et ne retourne à son 4 x 4.

La voiture avait fait un demi-tour et était repartie. Longtemps, j'avais suivi sa progression et la mini-tornade de poussière qu'il laissait derrière lui.

– Viens !

J'avais sursauté. Granpa' était dans la cuisine. Je ne l'avais pas entendu rentrer.

– Viens, je te dis…

Granpa' avait ouvert les bras en croix. Un geste qui m'avait semblé étrange. Je m'étais approché de lui. Granpa' m'avait enlacé contre lui et secoué comme un prunier.

– On va faire une balade à cheval, avait-il dit.

Il avait subitement relâché son étreinte et fait volte-face.

Cet après-midi-là, nous avions parcouru des dizaines de miles sur les terres du ranch. Vers la tombée du jour, nous nous étions arrêtés sur les bords de la rivière Grante où mon père et moi pêchions certains samedis. Les chevaux avaient bu en pataugeant dans le lit de la rivière. Granpa' avait plongé dans l'eau courante son chapeau Stetson à larges bords. Il s'en était servi pour s'asperger le visage. Des gouttes de rivière s'étaient accrochées à ses sourcils. Les rayons du soleil couchant irisaient ces perles d'eau. Ils leur conféraient l'éclat sanguin du rubis.

– Fiston, j'ai quelque chose à te dire. Mais avant ça, je voudrais que tu regardes attentivement autour de toi. Oui, c'est ça. Que tu observes les arbres, les bêtes et même le plus minuscule des insectes comme s'ils étaient de ta propre famille. Je voudrais que tu *manges* l'air. Ne te contente pas de simplement le respirer. Sens-le vibrer dans tes poumons, te nourrir. Et je veux que tu me dises si ça vaut *vraiment* le coup.

– Qu'est-ce qui vaut le coup, Granpa' ?

– De vivre, fiston. De vivre…

Pas encore huit ans et mon grand-père me demandait si ça valait le coup de vivre ! J'avoue que la question m'avait paru idiote. Ce fut avec un sourire moqueur devant l'énormité de celle-ci que j'avais répondu :

– Bien sûr, Granpa' !

– Alors souviens-t'en et écoute ce que j'ai à te dire, fiston…

– Regarde. Là-bas !

Granpa' pointait du doigt un long panache de poussière qui progressait à grande vitesse dans notre direction.

– C'est quoi ? demandai-je.

– Des 4 x 4, il me semble. Au moins trois. Ils roulent vite et sans tergiverser.

– Tu crois qu'ils nous cherchent ?

– Possible… Allez, fiston, en selle. Faut pas s'éterniser. On va devoir traverser une zone à découvert, autant le faire avant qu'ils ne parviennent jusqu'à nous.

Nous chevauchions depuis un quart d'heure. Granpa' se retournait fréquemment pour vérifier si nous étions suivis ou non. Autour de nous, ce n'était que terre desséchée et roches escarpées, comme découpées au cutter. La sueur dégoulinait dans mon cou, dans mon dos et sur ma

übriggebliebene Teil ist nun in Ordnung, und den jagt man so weit weg, daß er aus dem Gesicht ist, so daß sie nicht durcheinanderkommen können. Und der eine Teil ist noch gemeinsame Herde; den läßt man dann da ruhen und fängt an, den andern Teil von den Rentieren auf dieselbe Weise wegzujagen: man sticht das Rentier hinten hinein. Und etwelche Rentiere gehen auf einmal nach der andern Seite der Herde, und etwelche andere Rentiere sind so mutig, daß sie zurücklaufen; sie lassen sich nicht vertreiben, selbst wenn man sie schlägt, und man muß hinter ihnen herlaufen, bis man sie fortkriegt, und das verursacht viel Schaden; es verscheucht die Rentiere, die ausgeschieden sind; und wenn es obendrein ein heftiger Mensch ist, der läuft, dann verscheucht er sie noch viel mehr. Und die Kunst, Rentiere zu teilen, ist so, daß es nicht hilft, wenn man stark ist oder schnell laufen kann, sondern wer tüchtig beim Teilen ist. Und zu dieser Tüchtigkeit gehört es hauptsächlich, daß man ruhig ist, daß man nicht schnell läuft und die Tiere nicht in Bewegung setzt. Die zornig werden oder anfangen zu laufen, und dazu mit den Hunden hetzen, denen laufen die Rentiere weg und geraten untereinander, und dann gibt es neue Arbeit. Und aus dem Grund werden die Leute oft zornig. Und wo heftige Menschen sind, da ist es beschwerlich zu teilen und viel mehr Arbeit; aber wenn sie tüchtig sind, dann ist es mehr als doppelt so leicht zu teilen. — Und wenn sie wieder eine kleine Schar abgeteilt haben, so jagen sie sie dahin, wo die erste Schar hingeführt worden ist. Und nun endet dann der Tag, und die Besitzer versammeln sich, um zu bereden, wohin es am besten ist, jeden Teil der Herde zu führen, und wenn sie sich darüber einig geworden sind, wo jeder Teil untergebracht werden soll, dann gehen die Hirten zu einer jeden Schar. Da sind nun drei Scharen — die beiden abgeteilten Scharen und die gemischte Herde.

es nicht daran denkt, gerade dahin zurückzugehen, wo es herkam. Das Rentier hat noch dieselbe Natur wie in früherer Zeit das wilde Rentier, und wohl können sich die Rentiere totfallen, zuweilen ganze Scharen. Und von solchen Geschehnissen werden viele sein, wie ich selbst gesehen habe; aber ich kriege es nicht fertig, sie alle niederzuschreiben.

Vom Spätsommer. Von den Wanderungen der Lappen nach Süden, wenn das Rentier nach seiner Gewohnheit südwärts strebt[1]

Wenn das Gras anfängt zu welken, dann beginnt das Rentier, sich danach zu sehnen, Flechten zu fressen, und im Meerreich (Norwegen) ist es mit Flechten nur knapp bestellt; im Meerreich ist an den meisten Stellen ja nur Grasland. Dann fangen die Lappen an, die Rentiere zu teilen, in solchen Distrikten, wo es nicht gut ist, zusammen umherzuziehen, in solchen Distrikten, wo die Herde aus ungefähr fünf- oder achttausend Stück besteht.

In alter Zeit hat man keine Zäune[2] gebraucht, sondern hat die Teilung auf einem mäßigen Hügel vorgenommen. Und wenn sich in der Nähe ein Seevorgebirge befindet, so ist das besonders gut. Und dann fängt man an, den einen Teil der Rentiere da wegzujagen: man sticht das Rentier mit dem Stab hinten hinein, und es geht weg; und den andern Teil von den Rentieren läßt man ruhen. Und der Teil, der zurückgeblieben ist, wenn die andern weggejagt sind, dieser

[1] Wo die Bezeichnung Süden vorkommt, ist Schweden gemeint, die schwedische Seite der Grenzberge.

[2] Eine Einfriedung, in die die Lappen die Rentiere hineinjagen, wenn sie gemolken werden sollen oder wenn man eine Scheidung vornehmen will.

poitrine. Ce n'était pas tant la chaleur que la peur. Ces voitures nous poursuivaient-elles ? Des policiers ? Des gardes du chantier de l'Arizona Oil Company ? Autant fuir le plus rapidement et le plus loin possible. Julep et Tobago donnaient leur meilleur. Je me sentais en sécurité avec eux et Granpa'.

Nous étions environ à mi-chemin de ce désert modèle réduit où seuls réussissaient à survivre quelques serpents et pléthore de scorpions, quand la colonne de poussière apparut à l'horizon, cette fois plus proche de nous. Je ne m'en aperçus pas immédiatement. Mais à force de voir Granpa' se retourner de plus en plus souvent, j'avais moi aussi jeté un œil par-dessus mon épaule.

On ne distinguait pas les véhicules, seulement leur traîne de poussière.

De nombreuses propositions d'achat concernant Bullfrog Ranch et les terres appartenant à Granpa' avaient été faites par l'Arizona Oil Company, qui prévoyait d'acquérir la totalité des terres afin d'exploiter librement le sol. Mon grand-père les avait toujours déclinées. Depuis son expropriation de Glen Canyon, Granpa' n'avait pas l'intention de se laisser une nouvelle fois mettre à la porte de chez lui. Tous ses voisins avaient vendu. L'un d'eux était venu lui rendre visite pour le convaincre de vendre à son tour.

– Ils ont la loi de leur côté. Si tu ne vends pas, ils te jetteront dehors. Leur route doit passer sur ta propriété. Ils ont besoin de celle-ci pour relier entre eux leurs puits de forage. Tu n'y peux rien, Joshua. Mieux vaut négocier maintenant…

Je n'avais jamais vu Granpa' dans une telle colère. Ce fut à coups de pied dans le derrière qu'il avait reconduit son voisin aux limites de Bullfrog Ranch.

– Peuvent toujours me foutre à la rue. D'ici

là, je leur en aurai fait baver… avait maugréé Granpa' en rentrant.

Plus tard, après dîner, il m'avait pris à part.

– Tu comprends, fiston. Je sais que je ne suis qu'une minuscule fourmi face à un troupeau d'éléphants. Tout ce que je ferai ne servira pas à grand-chose. Il arrivera un temps où ils nous chasseront ou bien nous écraserons comme de la vermine. Mais jamais, tu m'entends, fiston, jamais, que ce soit pour un maudit barrage ou pour des barils de pétrole, jamais plus, je ne me laisserai faire…

Quelques semaines plus tard, nous sabotions des engins sur les chantiers de l'Arizona Oil Company. Granpa' savait que ça ne les arrêterait pas et que nous étions dans l'illégalité. Mais au moins, ça les retarderait de quelques jours ou semaines. Un sursis que Granpa' considérait comme une victoire personnelle sur la fatalité.

J'adorais avoir un grand-père un peu voyou, un peu écolo activiste et un peu dingue. S'il m'avait demandé de le suivre sur Mars, je n'aurais pas hésité une seule seconde.

Je me pris à consulter des revues et des livres traitant d'écologie, de la planète et d'avenir de l'humanité. On y lisait que l'homme détruisait la Terre soit par inconscience, soit par cupidité. Les articles que me procura Granpa' sur le barrage de Glen Canyon et sur le lac Powell m'ouvrirent les yeux. Ces réalisations étaient une catastrophe écologique majeure. Granpa' n'était qu'un dommage collatéral. Le vrai massacre avait été celui de la faune et la flore.

– Je regrette de ne pas avoir ouvert les yeux plus tôt, fiston, m'avait-il confessé. Il a fallu que j'en sois la victime pour comprendre l'étendue des dégâts…

Je me sentais davantage un héros qu'un bandit lorsque nous partions pour une de nos expéditions. Les deux jours, parfois trois, que duraient nos raids étaient pour moi une incroyable expérience. Les chevauchées, les risques encourus, Granpa', la vie en plein air… Il n'y avait que dans ces conditions que je me sentais exister.

Le retour au collège était toujours une cruelle désillusion. Les élèves et les professeurs me paraissaient des êtres terriblement étriqués. Il me semblait que les buts auxquels nous aspirions n'étaient pas nobles – obtenir un diplôme, trouver un job et oublier de vivre.

– Crois-moi, fiston, c'est quand tu perds ta vie qu'on sait si tu es un homme ou pas. Ce ne sera jamais en la gagnant. Tout ce que ça te rapportera, ce sera la considération d'une société qui n'a aucun intérêt à ce que tu deviennes un homme, m'avait expliqué Granpa', un soir au clair de lune, alors que nous venions de parcourir une trentaine de miles à cheval.

Les nuits à la belle étoile, le feu de camp, les histoires que Granpa' me racontait sur son enfance, sa philosophie si particulière de la vie, le bruit d'un animal sauvage dans les fourrés, la parure des étoiles accrochée au firmament, la sécheresse, la pluie et le vent étaient autant d'éléments sensibles qui me rassasiaient le corps et l'esprit.

Je m'enivrais au sens propre du mot. Il arrivait que je perde la notion d'équilibre tellement j'étais heureux de participer à cette aventure avec Granpa'. Le danger ne représentait qu'un aléa lointain et sans substance. J'avais l'impression d'être dans mon droit et dans celui de Granpa' de ne pas être spolié de sa raison d'être, de la nature et de Bullfrog Ranch.

Nous laissâmes les chevaux à l'ombre d'un surplomb rocheux.

– On va monter là-haut, me dit Granpa' en pointant l'index vers une éminence au-dessus de nos têtes. Et on prend les jumelles.

Nous escaladâmes l'un derrière l'autre. Granpa' ouvrait la marche. Ce n'était pas si ardu que ça en avait l'air. Il y eut un ou deux passages difficiles qui nous obligèrent à progresser à quatre pattes. Nous arrivâmes en moins de dix minutes au sommet de ce gros rocher isolé au milieu de nulle part. Granpa' chaussa les jumelles sur son nez.

– Je les vois, dit-il.

– Ils sont loin ?

– Je dirai sept, peut-être huit miles. Ils roulent dans notre direction. À cette allure, ils ne devraient pas tarder à nous rattraper. Même à cheval, nous ne pourrons pas les semer…

– Ils sont combien ?

– Quatre voitures, il me semble. À cette distance, c'est difficile de l'affirmer. Mais ce sont des 4 x 4. J'en suis certain, fiston. Et des gros.

– Qu'est-ce qu'on fait, Granpa' ?

– On descend. J'aviserai en arrivant en bas.

Les descentes sont toujours plus pénibles que les montées. Un éboulis, une glissade et c'est la chute assurée, avec les conséquences qu'elle peut entraîner. Granpa' était encore devant. Ses quatre-vingts ans ne semblaient pas l'encombrer. Il possédait une forme olympique qui aurait fait honte à beaucoup de jeunes de mon âge.

Une fois les chevaux rejoints, Granpa' resta un moment pensif. Puis il ôta son Stetson et se gratta le cuir chevelu.

– Bon, dit-il. Il n'y a pas beaucoup de possibilités, fiston. Nous ne parviendrons sûrement pas à les semer. Du moins, si nous essayons tous les deux…

Granpa' prit son temps. Il me sembla qu'il pesait le pour et le contre.

Quand quelque chose le turlupinait, Granpa' prenait toujours le taureau par les cornes. Ses solutions étaient en général radicales. Il n'y avait jamais de moyen terme. Ça passait ou ça cassait. Tergiverser n'était pas le fort de mon grand-père – ni la patience, à dire vrai.

Quelques mois après la disparition de mes parents, nous avions pris l'habitude le samedi,

Granpa' et moi, d'aller nous balader dans les bois qui jouxtaient le ranch au sud. Nous partions à l'aube et nous marchions jusqu'au milieu de l'après-midi. Nous n'emportions qu'une gourde d'eau que nous remplissions en arrivant à la rivière Grante. Nous y faisions une halte. Granpa' connaissait un coin à écrevisses. Quand c'était la bonne saison, il en pêchait des pleines poignées. Nous les faisions griller entre quatre pierres, au-dessus d'un feu de braises.

Granpa' m'éduquait à la nature. Il avait coutume de dire qu'elle ne se domestiquait pas, mais qu'elle s'apprivoisait. Et, sans que nous nous en apercevions, à son tour la nature nous apprivoisait.

– C'est de cette manière, affirmait-il, que nous pouvons vivre en bonne harmonie avec elle.

Je me souviens qu'un samedi je lui avais dit :

– Granpa' ? Mais la nature est sauvage et nous sommes civilisés…

Sa réponse avait été immédiate et concrète. Une fois encore, Granpa' n'avait pas lambiné des heures pour me prendre par la main et me traîner derrière lui.

– Viens ! Tu vas voir si nous sommes aussi *civilisés* que tu le prétends…

Nous étions rentrés au pas de charge à Bullfrog Ranch. Je me demandais pour quelle raison j'avais fâché Granpa'. Durant le chemin du retour, il ne m'avait pas adressé la parole. Il ne m'avait pas non plus lâché la main.

Arrivés au ranch, nous avions pris le vieux camion et avions filé dare-dare en ville. Granpa' s'était garé sur le parking du supermarché, un Wal-Mart gigantesque. Plusieurs centaines de voitures étaient parquées là. Nous étions un samedi en fin d'après-midi et les gens faisaient leurs courses pour la semaine.

Nous avions pénétré dans le supermarché. L'air conditionné m'avait glacé les os. Il y avait une foule dense. Des tas de personnes poussaient devant elles leur caddie. Hommes, femmes et enfants, plus speedés les uns que les autres.

– Suis-moi ! avait presque crié Granpa'.

Je connaissais cet endroit. Nous y venions parfois acheter un ou deux produits que nous ne trouvions pas ailleurs. Granpa' préférait les magasins plus petits. À taille humaine, comme il disait. Il adorait discutailler avec les commerçants. Pour ma part, je trouvais le temps long à les entendre refaire le monde.

– Les supermarchés sont des usines à vendre. Ils ne cherchent qu'une chose, fiston, à te réduire en esclavage. Tu n'es plus un homme pour eux, tu es une machine. Tu n'es considéré qu'en fonction de tes achats et de l'épaisseur de ton portefeuille. Plus tu consommes, plus tu les intéresses. Un supermarché est un temple païen, celui de la consommation absolue. Ici, tu n'as plus d'âme ni de raison, seulement un ventre. Retiens bien cette leçon, m'avait dit Granpa, et ses yeux brillaient.

Dans le supermarché bondé jusqu'à la gueule, l'évidence m'avait sauté aux yeux.

– Regarde, fiston. Des sauvages !

Ce fut avec un œil neuf que j'avais vu des gens se bousculer, se hâter de remplir leur caddie et acheter tout ce qui leur tombait sous la main. Une fourmilière dans laquelle on aurait donné un coup de pied. Les gosses faisaient des caprices et se prenaient des tartes. Les mères suaient malgré la climatisation réfrigérante, pestaient, s'activaient devant les rayons, les yeux hors de la tête. Les pères soufflaient et maudissaient leurs congénères. Trop de monde. Trop de bousculades. Trop de stress. Une course effrénée les motivait sans qu'on sache exactement où se situait la ligne d'arrivée. D'ailleurs, y en avait-il une ?

Nous étions ressortis après une demi-heure d'observation. Je me sentais patraque. Je n'avais encore jamais envisagé mes semblables sous cet angle-là.

– Alors, fiston. Qu'en penses-tu ? m'avait demandé Granpa'.

– Je sais pas, lui avais-je répondu.

– Tu sais pas ? Eh bien, moi je sais que tu sais. Ça se voit comme le nez au milieu de la figure, fiston. T'en fais pas, va… Tu t'en remettras.

Je ne voyais pas de quoi, au juste, j'aurais pu me remettre. Mais une chose était sûre, la sauvagerie était des deux côtés.

Plus tard, Granpa' m'apprit que la nature, si elle était parfois sauvage, ne l'était jamais gratuitement.

– Contrairement à l'homme… me dit-il.

L'indécision de Granpa' ne dura pas plus d'une minute. La colonne de poussière dans le lointain se rapprochait. Elle ne nous laissait pas le temps pour une longue hésitation.

– Tiens ! dit soudain Granpa'.

Il me tendit une clé.

Une clé ? À Bullfrog Ranch, quand nous y étions, nous ne fermions pas les portes. Trop éloigné de tout, nous ne risquions pas qu'un voleur s'aventure jusque chez nous.

– Prends, fiston, insista Granpa'.

– C'est quoi ?

– La clé du coffre.

– Du coffre ? m'étonnai-je.

– Dans ma chambre, il y a un coffre. Je ne te l'ai jamais montré. Il se trouve derrière le tableau. Tu vois ce tableau, n'est-ce pas ? Le coffre est encastré dans le mur. Tu n'as qu'à tirer le tableau, il est monté sur des charnières et il pivotera. Tu verras alors le coffre. Pas un gros, mais suffisant. Dedans, il y a des papiers…

Machinalement, je pris la clé et Granpa' parut bizarrement soulagé.

– Si besoin… Je veux dire, fiston, si un jour il m'arrivait quelque chose…

– Qu'est-ce que tu racontes ?! m'écriai-je.

Je voulus lui rendre la clé. D'un geste de la main, Granpa' me repoussa. Puis il reprit :

– Fais pas l'imbécile, fiston. J'ai quatre-vingts balais. Un âge qui ne permet plus de voir l'avenir autrement qu'au jour le jour. Donc, si… Tu ouvriras le coffre. À l'intérieur, tu trouveras des papiers. Enfin, tu me comprends, fiston.

J'acquiesçai d'un mouvement de tête. Sans parvenir à me dominer, je me mis à trembler. Je ne voulais pas entendre la suite. Même si je ne l'avais jamais dit de vive voix à Granpa', parce que entre hommes ça ne se faisait pas, je l'aimais.

– Bien, bien… dit-il. Et donc, voilà ce que disent ces papiers. Tu es l'héritier de Bullfrog Ranch. Ce qui m'appartient est à toi. À la mort de tes parents, j'ai vu un notaire. Les papiers sont en règle. Les frais sont payés. Tu me suis ?

Oui, je le suivais. Mes oreilles bourdonnaient. Mon cœur bondissait dans ma poitrine. Une rage soudaine monta en moi. Elle était dirigée contre Granpa'. Que lui prenait-il de me raconter des sornettes alors que nous étions poursuivis ? Avions-nous du temps à perdre en considérations vaseuses ?

Comme s'il avait lu dans mes pensées, Granpa' enchaîna aussitôt :

– C'est pas tout, fiston. Nous avons un problème à régler. Voilà ce que je te propose. Tu vas monter en selle sur Julep. Tu vas filer au triple galop et tu ne t'arrêteras qu'arrivé à Bullfrog Ranch. Je ne veux pas que tu mettes le pied à terre avant d'être à destination. Quitte à te tanner le derrière pour le restant de tes jours, tu vas jusqu'au bout. Julep en est capable, sois à sa hauteur, fiston.

– Mais pourquoi ? Et toi ? m'alarmai-je.

– À deux, nous n'avons aucune chance, répondit Granpa'. Il faut que l'un de nous les stoppe et les occupe un petit moment. Sinon, nous n'avons pas la moindre chance de nous en tirer. Alors, il y a eu vote. Il n'y avait qu'un votant, moi. Résultat, c'est toi qui t'y colles. Tu ne voudrais quand même pas que ton vieux grand-père se tue à cheval pendant que toi tu parlementeras tranquillement avec ces gens, hein ?

Granpa' eut un vague sourire, aussi faux qu'un faux billet.

– Et après ? demandai-je.

– Après, fiston ? Après… on avisera. Toi, tu seras en sécurité. Moi, je sais pas. Mais c'est comme ça et pas autrement, trancha Granpa'.

– Ils doivent savoir que nous sommes deux, tentai-je, en désespoir de cause.

– Et alors ? Deux, trois ou cent, qu'est-ce que ça change ? Au bout du compte, et au pire, ils n'auront que moi à se mettre sous la dent. Tu es trop jeune pour aller en prison, fiston. Si ce sont des policiers, eh bien, ils m'embarqueront. Que veux-tu, à mon âge, ce sera une expérience. Ils ne pourront pas me garder à l'ombre une éternité. L'éternité est derrière moi, fiston…

– Mais…

– Ça suffit ! s'emporta Granpa'. Nous n'avons plus le temps. En selle ! Allez, ouste ! Et ne te retourne pas !

J'hésitai. Granpa' me donna l'élan qui me manquait en m'envoyant sa santiag dans le derrière. Je fis un bond et courus vers Julep. Je l'enfourchai sans demander mon reste. Granpa' ôta son chapeau et s'en servit pour fouetter l'arrière-train de la jument. Elle démarra au quart de tour. En trois foulées, nous étions au triple galop.

Après une centaine de mètres, je regardai par-dessus mon épaule. Je vis Granpa'. Il s'approchait de Tobago d'un pas lent, sans se presser. Il avait remis son Stetson sur sa tête.

Le 4 x 4 se gara dans la cour. La portière côté conducteur s'ouvrit. J'étais dans la cuisine. Il était dix heures du matin. Je n'avais pas dormi de la nuit. Je vis une botte, puis une seconde. Le shérif sortit lentement de son véhicule. Le même qui, quelques années plus tôt, nous avait rendu visite.

Il eut un regard dans ma direction. Il ne put me voir, j'avais tiré les rideaux de la fenêtre. Il se dirigea après un moment d'hésitation vers les écuries. Il avait vieilli. Ses cheveux avaient blanchi. Il portait toujours son arme de service à la hanche. Il avançait sans se presser, les bras le long du corps.

De mon poste d'observation, j'avais une vue imprenable. Le shérif passa d'un box à un autre, avant de s'arrêter devant celui de Julep. Il caressa le chanfrein de la jument, puis se pencha à l'intérieur du box. Il resta ainsi une ou deux minutes. Ses grosses fesses tendaient son pantalon. Au-dessus d'elles, Julep agitait sa tête de gauche à droite, comme pour dire : « Mais regardez-moi cette horreur… » Je ne doutais pas un instant que le shérif remarque l'enflure des paturons de ma jument.

La veille, nous avions galopé sur des dizaines de miles sans faire la plus petite halte. Parvenu à Bullfrog Ranch, j'avais bouchonné Julep avant de lui permettre de boire. Granpa' m'avait appris à ne pas provoquer de choc thermique quand un cheval avait beaucoup transpiré. Je l'avais ensuite menée à l'abreuvoir. Elle y avait bu tout son soûl. Enfin, je l'avais enfermée dans son box avec une belle botte de foin et un seau de picotin. Elle s'était immédiatement mise à manger.

Il faisait presque nuit lorsque j'avais rentré les Quarter Horses. Nous les avions mis au pré avant de partir pour notre expédition. Une quinzaine de bêtes qui se laissèrent faire, heureuses de retrouver l'écurie pour la nuit.

Le shérif avait fini son inspection. Il revint vers le ranch. Il ne se pressait toujours pas. Il jeta un coup d'œil rapide sur le camion de Granpa'. Celui-ci n'avait pas bougé depuis une semaine. Il le dépassa et vint s'arrêter au pied du porche. Il sortit un mouchoir de la poche intérieure de sa veste et s'essuya le visage avec. Il regarda le tissu humide avant de le remettre dans sa poche. Le shérif leva la tête. Il resta à contempler le porche sans rien faire d'autre que d'attendre.

La veille, après m'être occupé des chevaux, j'étais allé prendre une douche pour me décrasser. La poussière s'était accumulée sur moi après ma longue chevauchée. J'essayais de ne penser à rien. Je chassais, sans y parvenir, l'image de Granpa'. J'espérais qu'il rentrerait le lendemain, le sourire aux lèvres et une bonne histoire à me raconter.

– Tu sais, fiston, je leur en ai fait voir…

Je me raccrochais à cette idée. Nous serions bientôt à nouveau réunis.

En me rhabillant après la douche, j'avais vu la clé que j'avais posée sur le lavabo. Je m'en étais saisi. Je l'avais détaillée un moment. Elle me brûlait les doigts. J'étais allé dans la chambre de Granpa' et l'avais rangée dans le tiroir de sa table de chevet. Il la retrouverait bientôt.

Le shérif toussa. Il se frotta la nuque. Toussa à nouveau. De la cuisine, je l'observais. J'attendais qu'il appelle ou qu'il monte les marches du porche jusque sur le seuil de la porte d'entrée. Il n'en fit rien. Il resta silencieux, sans bouger, sous le soleil qui commençait son périple ascensionnel.

Je posai la tasse de lait au chocolat que je venais de me préparer sur le rebord de l'évier. Elle fit un son désagréable qui se répercuta dans toute la cuisine. À travers la fenêtre, je vis que le shérif avait tourné la tête dans ma direction. Il savait que j'étais là.

Comment dormir alors que Granpa' était quelque part dans la nature ? Était-il blessé ? Avait-il baladé nos poursuivants ? Avait-il réussi à les semer ? Autant de questions qui m'avaient tenu éveillé toute la nuit.

Au matin, les premiers rayons de lumière m'avaient surpris dans un demi-sommeil. Avant de préparer mon petit déjeuner, j'étais allé rendre visite à Julep dans son box. La jument était calme. Ses paturons enflés trahissaient l'effort de la veille. J'étais demeuré auprès d'elle un bout de temps.

Je sortis sous le porche. Le shérif m'attendait. Il était toujours au même endroit, les bras ballants. Comme s'il n'avait jamais bougé d'un pouce depuis la dernière fois, il y avait des années de ça.

– Ah ! fiston… dit-il.

Je frémis. Mes dents grincèrent. Il m'avait appelé *fiston*. Seul Granpa' usait de ce petit nom affectueux. Je n'aimais pas que le shérif l'utilise pour s'adresser à moi. Je ne lui répondis pas.

– Tu es bien John Washington Hite ? demanda-t-il, comme s'il ne le savait pas.

– Ouais… lâchai-je entre mes dents.

– Tu étais où ces derniers temps ?

– Ici, dis-je, sans autres commentaires.

– Tu n'as pas bougé alors ? insista le shérif.

Il était maintenant baigné d'une lumière crue qui le faisait transpirer à grandes eaux. Le devant de sa chemise était trempé de sueur. J'étais à l'ombre sous le porche. Je trouvais la situation plutôt cocasse. Je n'avais pas l'intention de descendre le rejoindre. Autant qu'il grille au soleil.

– Non, répondis-je.

– Bon. Bon. Mais ta jument, elle, semble avoir fait du chemin… toute seule donc, ironisa le shérif.

– Sais pas.

– Tu sais pas, hein ? Et ton grand-père, tu sais où il est ?

« Nous y sommes », pensai-je. Il ne fallait pas faire de gaffe. Granpa' n'avait certainement pas prévu la venue du shérif si tôt. Il ne m'avait pas donné de consignes. À moi de jouer serré.

– L'est parti depuis deux jours, dis-je sans autre précision.

– Deux jours… reprit le shérif. Et il t'a laissé seul à Bullfrog Ranch. C'est son habitude ?

– Ça lui arrive, dis-je vaguement.

– Bon. Bon, répéta le shérif. Veux-tu descendre, s'il te plaît, il faut que nous parlions.

Comme je ne lui obéissais pas, il ajouta plus sèchement :

– Allez, viens, fiston.

– Ne m'appelez pas *fiston* ! m'écriai-je un peu trop vivement.

À côté de moi, une famille de touristes, les parents et leurs deux enfants, un garçon et une fille, regardait l'immense étendue d'eau en poussant des cris de joie. Le père mitraillait avec son appareil photo un paysage dantesque – le barrage de Glen Canyon.

J'avais confié pour une semaine Bullfrog Ranch à mes grands-parents maternels. Je les connaissais peu. Jusqu'à présent, ils n'avaient pas réellement fait partie de ma famille. Leur nom était Colson, et donc pas des Hite. Granpa' et moi n'en parlions jamais. Ma mère, du temps où elle vivait encore, s'était fâchée avec eux. Si bien que je ne les vis qu'une ou deux fois durant mes sept premières années.

Ils jouissaient de leur retraite à Miami, sur la côte est. Ils n'avaient jamais apprécié Granpa'. Ils le considéraient comme un utopiste. Mais à la mort de mes parents, ils n'avaient pas fait de difficultés pour me laisser à sa garde. Déjà âgés, ils ne se voyaient pas s'occuper d'un jeune garçon, un quasi-inconnu.

Durant mon absence, j'avais engagé un rancher. Il s'occuperait des chevaux en attendant mon retour. À dix-sept ans, mes responsabilités étaient soudain devenues celles d'un adulte.

J'avais obtenu de mes grands-parents maternels qu'ils acceptent de m'émanciper – chose faite après trois mois de démarches administratives.

Glen Canyon s'étalait sous mes yeux. J'avais mis quatre jours pour y parvenir. Julep et moi avions fait tout ce chemin ensemble. Il n'avait jamais été question que je vienne en voiture.

Bien qu'un peu trop grand pour moi, je portais sur la tête le Stetson de Granpa'. Certaines personnes me regardaient bizarrement, mais je n'en avais rien à faire.

J'étais accoudé à la rambarde. Je regardais ce qu'il restait du fleuve Colorado après sa domestication par l'homme. J'étais le seul ici à être malheureux ou, pour être plus juste, mélancolique. Sous ses eaux d'un bleu trop bleu et d'un calme factice, était noyé Kaibab Ranch, le premier ranch de Granpa'. J'étais le seul à le savoir. La famille de touristes, elle, jouissait de la vue, sans autres soucis que de profiter de sa journée.

Moi, John Washington Hite, derniers des Mohicans Hite, j'étais à Glen Canyon pour une raison précise.

Six mois plus tôt, le shérif m'avait obligé à le suivre. Granpa' n'était pas encore rentré. J'avais hâte d'en avoir fini, et qu'il me cuisine une bonne fois pour toutes. J'étais décidé à lui raconter des bobards autant que nécessaire.

– John… avait commencé le shérif, après que nous avions trouvé un coin d'ombre. Il faut qu'on parle tous les deux.

– D'accord, avais-je dit. Parlons.

– Je sais… Nous savons, s'était-il repris, que tu étais avec ton grand-père…

– Je…

– Ne me coupe pas, John, s'il te plaît.

Le shérif avait marqué une pause, puis il avait repris :

– Écoute John, ça n'a pas d'importance. Personne, dans les circonstances actuelles, ne viendra te chercher des poux dans la tête. Moi-même, en rentrant en ville, je ferai un rapport dans ce sens…

Une alarme avait résonné en moi. Je m'étais mis à transpirer abondamment. Mes mains étaient devenues moites. Ma vue s'était troublée, tandis que le shérif continuait :

– J'aimais bien ton grand-père, tu peux me

croire. Et ça, malgré son sale caractère. Et aussi qu'il ne faisait pas toujours les choses dans le cadre de la loi…

Le shérif avait parlé, m'avait-il semblé, une éternité.

Nous allâmes, Julep et moi, jusqu'aux abords du lac Powell. Nous suivîmes sans nous presser le cours du Colorado. Il m'avait fallu une autorisation spéciale de l'administration du parc pour pouvoir me déplacer ainsi, à cheval. Étrange réglementation, qui permettait aux voitures, motos et autres engins pollueurs de se déplacer sans difficulté, alors qu'elle interdisait théoriquement à un homme à cheval de circuler dans le parc.

Il faisait quasiment nuit lorsque nous parvînmes sur les rives du lac Powell. Le soleil couchant lustrait les flots d'une lumière orangée.

Je mis pied à terre. Je ne dessellai pas Julep. La jument arracha quelques brins d'herbe avant d'observer tous mes gestes, comme si elle se doutait de quelque chose.

Quand la voiture du shérif avait démarré, celui-ci m'avait salué d'un geste de la main avant de s'éloigner. Ce gros bonhomme avait encore sur les joues les traces des larmes qu'il venait de verser. Le voir pleurer en racontant son histoire avait été un choc pour moi. J'avais serré les dents pour ne pas l'imiter. Je n'admettais pas qu'il pleure à ma place. Granpa' était à moi – rien qu'à moi.

Le shérif venait de m'annoncer le décès de mon grand-père. Il m'avait donné les détails de sa mort. En quelques mots, j'avais été cueilli. Mon sang avait quitté mon corps.

Granpa', après mon départ, était monté en selle sur Tobago. Il s'était posté en plein milieu de la piste, faisant face aux 4 x 4 qui fonçaient droit sur lui. Puis, il avait attendu.

Dix minutes plus tard, les voitures des fédéraux, les agents du gouvernement, n'étaient plus qu'à quelques dizaines de mètres de Granpa'.

– Sacré bon sang de têtu, avait alors commenté le shérif, interrompant un court instant le fil de son récit.

S'emparant de sa Winchester, Granpa' l'avait armée, puis portée à son épaule. D'un coup de talon, il avait lancé Tobago au grand galop. Granpa' avait chargé les 4 x 4. Son chapeau s'était envolé et ses cheveux d'albâtre lui avaient fait comme une couronne autour de la tête.

– Il tirait en l'air, au-dessus des toits des voitures des fédéraux ! s'était emporté le shérif. Tu te rends compte ! Ces gars-là m'ont raconté qu'ils n'avaient jamais vu un truc pareil. Ils se croyaient dans un mauvais film de western,

John. Ton grand-père fonçait sur eux, son cheval lancé au triple galop, une Winchester en batterie à l'épaule. Il paraît même qu'il hurlait… Imagine ! Quatre énormes voitures du FBI, chargées par un cheval et un vieux fou à la longue tignasse blanche. De quoi mourir de rire… ou de peur.

C'était la peur qui l'avait emporté. Les fédéraux avaient stoppé net avant que Granpa' n'arrive jusqu'à eux. Ils avaient ouvert les portières et s'étaient rués à l'extérieur, des fusils à pompe entre les mains.

Tobago et Granpa' étaient morts ensemble, sous une pluie de balles.

– Je suis désolé, John, avait conclu le shérif, et il était sincère.

Avant de partir, il avait ouvert le coffre de sa voiture. Il en avait extirpé le chapeau de Granpa'. Son Stetson à larges bords, qu'il m'avait remis sans un mot.

D'une sacoche, sur les flancs de Julep, je pris l'urne qui contenait les cendres de Granpa'. Je me dirigeai vers les bords du lac Powell. La lune nouvelle argentait l'étendue d'eau. On y voyait comme en plein jour. La chaleur avait cédé la place à une fraîcheur humide.

Je m'accroupis. Je gardai longtemps l'urne entre les doigts.

Après le départ du shérif, j'avais ouvert le coffre, derrière le tableau, dans la chambre de Granpa', comme il me l'avait indiqué. Je m'en voulais de ne pas pleurer, d'être aussi organisé. C'était sans compter sur les heures qui allaient suivre.

Hormis les papiers légaux me faisant l'unique héritier de Granpa', il y avait une lettre. Un testament.

Je ne sais combien de temps j'étais resté accroupi. Mes genoux me faisaient souffrir. J'ouvris l'urne. À l'intérieur, les cendres de Granpa'. Sans attendre, je tendis le bras au-dessus de l'eau. Je retournai l'urne. Les cendres se répandirent.

J'ôtai enfin le Stetson. Le tournai entre mes doigts. Une dernière hésitation, et je le posai à la surface de l'eau. D'une pichenette, je le poussai vers le centre du lac.

Après une trentaine de lignes qui ne s'adressaient qu'à moi et parlaient du courage dont je devais faire preuve, il était écrit dans le testament de Granpa' : *Fiston, je veux être incinéré. Je veux que tu verses mes cendres dans le lac Powell. Avec un peu de chance, je remonterai jusqu'au barrage et, si un jour il saute, eh bien tu sauras que c'est moi qui l'ai dynamité.*

Derniers titres parus
aux éditions Thierry Magnier

Collection « Romans »

Quand un amant passe
de Mats Wahl
Tom ne se sent plus compris par personne. Le voisin, Karl Berger, un vieil Allemand au passé obscur, lui demande de l'aider à entretenir son jardin. Il semble bien connaître sa famille et pourtant, sa mère ne veut pas en entendre parler. Tom est animé de sentiments violents et contradictoires qui vont bouleverser sa vie, celle de sa famille.

Camille aime pas danser
de Marie-Sophie Vermot
Anastasia dévore la vie à pleines dents. Camille est plus jeune, plus réservée. Elles sont sœurs et vivent avec leur mère dans une maison perdue au bout d'une presqu'île. Après une aventure d'un soir, Anastasia n'arrive pas à s'avouer qu'elle est enceinte.

Vert jade rouge sang
de Pascale Maret
Ko Myo va retrouver son frère Naing Lin, parti chercher fortune dans les mines de jade, loin de Rangoon. Après un long trajet, Ko Myo le retrouve en piteux état. Le travail dans la mine est épouvantable, les conditions de vie terrifiantes.

Comme chiens et chats
Collectif
Neuf nouvelles sur le thème des relations fraternelles avec des sensibilités, des registres différents, des histoires qui puisent souvent dans la biographie revisitée des auteurs.

Marre de l'amour
do Maud Lethielleux
Des parents qui s'aiment, se tiennent la main, roucoulent les yeux dans les yeux, tous les enfants en rêvent ! Pas si sûr, Pierrot lui, n'y voit que des inconvénients. Avec ses copains, il va tenter de faire « désaimer » ses parents.

Ces années blanches
de Julie-Jacob Cœur
Marie, sa vie, elle l'aimait bien. Mais à la maison rien ne va. Rose, la

faute à Rose, sa sœur aînée, qui n'en finit pas de s'égarer, de plonger dans les embrouilles. Après des années de compassion, Marie en a assez, elle veut vivre sa vie d'ado.

L'Interrogatoire de Gabriel James

de Charlie Price traduit de l'anglais (États-Unis) par Valérie Dayre

Témoin de deux meurtres, Gabriel James doit s'expliquer devant la police. Oui, il était amoureux d'une fille et n'acceptait pas d'être éconduit, mais pourquoi cela a-t-il déclenché une série de drames, ébranlant toute la petite ville ? Les policiers veulent tout savoir, tout comprendre.

Tifi en Haïti

de Valérie Lacroix

Après le tremblement de terre qui a ravagé son île, Starling a trouvé un semblant de paix avec Monsieur Neptune. Aussi elle n'a pas envie de recevoir les lettres de Lucie qui lui écrit de France.

Ultraviolet

de Nancy Huston

Dans son journal, Lucy écrit tout ce qu'elle ne peut pas dire à haute voix. À treize ans, les idées se bousculent dans sa tête et les sensations dans son corps. L'arrivée du docteur Beauchemin à la maison lui offre un interlocuteur troublant.

Comment je suis devenue flic

de Anne et Marine Rambach

Alice a deux choses à dire à sa mère pour fêter l'anniversaire de ses quinze ans. Un : le Muffin Palace fait les meilleurs muffins du monde. Deux : elle veut devenir flic.

Un cargo pour Berlin

de Fred Paronuzzi

Elle s'appelle Nour – Lumière, en arabe – et elle porte bien son nom. Quand elle succombe au charme envoûtant d'Idriss, elle ne se doute pas, alors, qu'aimer peut être une faute... Il lui faudra fuir, pourtant, devenir Youness.

Tout le monde est une idole

de Marie-Sophie Vermot

Matthias Vernier ne sera plus jamais le même. Mademoiselle Prince est morte, avec elle les 28 autres élèves de la seconde 4. Il est le seul rescapé. Oublier, refuser le chagrin, Matthias part au sud de l'Italie, chez ses grands-parents.

Coline, 17 ans, dans la rue
de Valérie Lacroix
Coline en a marre de tout. Alors elle se casse, disparaît, s'enfuit. Elle apprivoise les rues de Lyon avec son chien qui la protège, et refuse tout lien avec sa vie d'avant. Elle sait bien que cela ne durera pas mais cette « vacance » sociale lui est nécessaire.

Jean II le Bon
de Fabrice Vigne
Quatre ans après l'écriture de Jean Ier le Posthume, Arthur, Stan et Elsa feraient bien un autre roman plus conséquent mais dans la même veine, celui de Jean II le Bon. Les voilà partis pour de longues conversations où chacun défend âprement sa vision de la littérature.

Granpa'
de Christophe Léon
Depuis ses sept ans, John vit avec son grand-père et partage ses convictions. Quand il s'agit de lutter contre l'Arizona Oil Company pour préserver les terres de Granpa', John ne réfléchit pas.

Prisonniers du chaos
de Roland Godel
Maxime passe ses premières vacances sans sa famille dans une île du Sud. Parti en excursion avec Maria et Ange, les enfants de sa logeuse, il se retrouve bloqué dans la montagne par une incroyable tempête. Au retour, rien ne sera plus pareil.

L'Odyssée d'Alizée
de Gisèle Pineau
Adolescente noire dans une famille blanche, Alizée a été adoptée. À treize ans, elle aimerait en savoir plus sur sa famille biologique, retourner en Haïti.

Zone tribale
de Pascale Maret
À la maison rien n'est drôle pour Souf Bédié. Dehors, le charisme de Chaka fait merveille. Défenseur d'une Nation noire, il dirige une société secrète, la Première Tribu. Dans les caves de la cité Verlaine, il prépare la révolution. Souf est sous le charme. Mais est-il vraiment prêt à commettre l'irréparable ?

J'ai quinze ans et je ne l'ai jamais fait
de Maud Lethielleux
Capucine et Martin sont dans la même classe. Elle, belle, arrogante

et intelligente, obsédée à l'idée de faire l'amour pour la première fois et lui, musicien perdu dans ses rêves, s'ignorent ; mais plus pour longtemps.

Mahout

de Patrice Favaro

Un camp d'éléphants dans l'Inde d'aujourd'hui. Animaux et mahouts, leurs dresseurs, y partagent une même vie misérable. Quand Trishur, le grand éléphant mâle, fait voler en éclats ses chaînes, Sid, jeune apprenti, devine qu'il n'aura pas d'autre occasion de s'enfuir.

L'Étranger sur le sable

de Anna Mackenzie traduit de l'anglais (Nouvelle-Zélande) par Élodie Leplat

Ness vit sur une île où tout contact avec l'extérieur est interdit. Mais un jour, au bord de la mer, elle découvre un étranger gisant sur le sable. Elle décide de le cacher. C'est pour elle l'espoir d'une autre vie.

Le Survivant

de Jeffry W. Johnston traduit de l'anglais (États-Unis) par Jean Esch

Chase est l'unique survivant de l'accident de voiture qui a tué ses meilleurs copains. Aucun souvenir du drame, seuls des flashes surgissent. Pour comprendre, il devra plonger loin dans son inconscient.

Le Grand Joseph

de Kochka

Joumana est née à Beyrouth, sa mère a épousé un Français. La vie pourrait couler ainsi, douce et joyeuse, mais la guerre civile éclate au Liban. Joumana et sa mère se réfugient à Paris.

Petite Audrey

de Ruth White traduit de l'anglais (États-Unis) par Valérie Dayre

À la fin des années 1940, la vie n'est pas facile dans la cité minière de Jewell Valley : l'argent manque, la faim est omniprésente. Audrey doit faire face en tant qu'aînée. Mais la vie réserve des surprises...

Le Fils de Belle Prater

de Ruth White traduit de l'anglais (États-Unis) par Geneviève Thomas

Après la mystérieuse disparition de sa mère, Woodrow part vivre chez ses grands-parents, près de sa cousine Gypsy. Ensemble, ils vont découvrir des secrets de famille bien gardés.

Silence, on irradie

de Christophe Léon

Un village à l'abri d'une centrale nucléaire. Un jour, une explosion pétrifie tout. Trois enfants survivent et se terrent pour de mauvaises raisons. Ils restent au village, seuls.

Héro, mon amour

de Anna Onichimowska traduit du polonais par Margot Carlier et Lydia Waleryszak

En apparence, une famille aisée très heureuse. Mais tous cachent des secrets pour préserver une fausse sérénité. Chacun a besoin de sa « petite drogue » pour mieux fonctionner, être à la hauteur.

Mauvais plan

de Dana Reinhardt traduit de l'anglais (États-Unis) par Dominique Piat

Enna, Anna et Mariah ont très envie de passer une soirée chez un copain plus âgé mais elles savent que leurs parents refuseront. Alors elles inventent un mensonge énorme dont les conséquences les dépasseront complètement.

Contredanse

de Chiara Simonetti traduit de l'italien par Marguerite Pozzoli

Mariolina ne danse pas pour se distraire mais pour devenir une danseuse étoile. « Madame », leur professeur, est intransigeante et n'hésite pas à humilier ses élèves. Une dernière provocation de sa part et Mariolina ne se maîtrise plus.

Le Monde de Lenny

de Kate Banks traduit de l'anglais (États-Unis) par Valérie Dayre

Lenny dit toujours ce qui lui passe par la tête, exaspérant ses professeurs. Sa mère pose pour des publicités et doit constamment porter des gants. Est-ce parce qu'il ne connaît pas la douceur de ses mains que Lenny doit aller voir Muriel ?

Pirate des Garages-Vides Rapport

de Corinne Lovera Vitali

Le rapport, c'est Jim qui l'écrit, pour le juge. Sa mère, Jean-François, l'instit, l'assistante sociale, le juge, tous sont d'accord pour qu'il change d'air. Et lui aussi en fait. Alors il est parti à la campagne, la vraie, dans une ferme vraie aussi.

Le monde attend derrière la porte

de Pascale Maret

Sarah vit depuis toujours selon les règles de la communauté des Rigoristes. Un jour elle étouffe et remet tout en cause. Ses parents risquent la relégation, mais elle ne se résigne à rien, ne veut plus renoncer.

Les Tortues de Bolilanga
de Frank Prévot
Sur l'île indonésienne où vit Alam, la légende d'Ibou Min' lui permet de mieux accepter la mort de son petit frère. Sur l'île de Bolilanga, la mère des anges recueille les enfants morts transformés en tortues. Aussi, Alam décide de protéger ce sanctuaire de la voracité des promoteurs immobiliers.

Les Égarements de Lily
de Véronique M. Le Normand
En une seule nuit, Lily se retrouve défigurée pour plusieurs jours. Cachée chez sa tante, loin des regards, le temps s'arrête. Une semaine pleine de questions. Pourquoi elle et pourquoi maintenant ?

Le Chevalier au loup
de Viviane Moore
1198. Padrig guide les pèlerins de l'abbaye de Beauport en Bretagne jusqu'à Saint-Jacques-de-Compostelle. Son fils Armel l'accompagne pour la première fois et devra vite prendre la relève et élucider le meurtre de son père.

Un soir, j'ai divorcé de mes parents
de Rachel Hausfater
C'est décidé, il divorce... de ses parents. Pas pour tout le temps, mais un week-end sur deux, il part, seul, à l'aventure, pour se chercher et peut-être se trouver. Il va apprendre à regarder ses parents et la vie d'un autre œil.

Oasis dans le Pacifique
de Jaime Alfonso Sandoval traduit de l'espagnol (Mexique) par Alexandar Grujičić
Quelle famille ! Don Pepe Topete, le père, invente des combines les plus folles pour offrir à sa famille une vie décente. Dernière en date : émigrer dans un nouveau pays que personne ne connaît mais où la vie sera douce et facile pour tous.

Brèves rencontres avec ma mère
de Dana Reinhardt traduit de l'anglais (États-Unis) par Dominique Piat
Simone a toujours su qu'elle était une enfant adoptée. Sa rencontre avec Rivka, la femme qui l'a mise au monde, va provoquer de grandes questions d'ordre religieux et culturel.

Cascades et gaufres à gogo
de Maria Parr traduit du norvégien par Jean-Baptiste Coursaud
Trille et Léna sont les meilleurs amis du monde, rien ne saurait les

séparer. Mais lorsque Léna trouve un papa et donc un mari pour sa mère, cela signifie un déménagement loin de Trille. Leur amitié tiendra-t-elle le coup ?

C'est pour toi que le rôdeur vient

de Adrienne Maria Vrettos traduit de l'anglais (États-Unis) par Pierre Charras

Dylan tient secret un don effrayant. Elle a la vision d'enfants assassinés et du lieu où ils se trouvent. La disparition de la petite sœur de son amie va l'obliger à aller au fond d'elle-même et à anticiper ses visions.

Le Jour de toutes les dernières fois

de Martha Heesen traduit du néerlandais par Emmanuèle Sandron

Boniface est un artiste sensible à l'infime. Jamais vraiment là, il passe son temps à dessiner. Ses absences répétées inquiètent sa famille mais sa dernière fugue est plus grave. Chacun va devoir affronter ses fêlures pour faire front ensemble.

Nouvelles re-vertes

Collectif

Treize auteurs nous peignent un tableau utopique, ironique, de la planète. L'homme a le choix de son avenir... Et, si le miracle n'est pas pour demain, l'humour est une constante de ces nouvelles.

La Guerre au bout du couloir

de Christophe Léon

Le mois de juin 1962 est très chaud à Oran. Maurice se retrouve seul à la maison avec son petit frère Alain. Il part chercher de l'aide mais tout a changé : leur tante n'est pas là non plus et des Algériens en armes défilent dans les rues.

Orages d'été

de Barbara Hall traduit de l'anglais (États-Unis) par Jean Esch

L'été est de plomb à la ferme cette année-là et la récolte est compromise. Dutch sent bien que cela ne durera pas. L'arrivée dans sa famille de Norma, sa cousine, va ébranler les certitudes, révéler les secrets.

Dans sa peau

de Benoît Broyard

La vie est trop moche chez lui, alors il part se réfugier dans une maison vide au plus profond de la forêt vosgienne. C'est là qu'il va tenter de se mettre dans la peau d'un autre. Mais la voix obsédante de son père ne le lâche pas.

Le Garçon qui voulait changer de nom
de Bodil Bredsdorff traduit du norvégien par Jean-Baptiste Coursaud
Dåp veut retrouver le nom que sa mère lui a donné. Dorénavant, il s'appellera Alek. Il part en bateau retrouver son grand frère Ravnar. Une nuit, il surprend des naufrageurs attirant un vaisseau sur les brisants pour en piller la cargaison.

Notre petite vie cernée de rêves
de Barbara Wersba traduit de l'anglais (États-Unis) par Jean Esch
Albert s'ennuie dans une vie banale. Orpha Woodfin, une vieille voisine semi-clocharde, va le réveiller. Auprès d'elle, Albert se prend à vivre ses rêves. Tout devient possible, il suffit d'y croire.

Tu peux pas rester là
de Jean-Paul Nozière
Mei et sa mère vivent depuis six ans à Sponge. Aucune des deux n'a de papiers français, or les gendarmes ont reçu des ordres : il faut expulser les sans-papiers de la ville. Les habitants de Sponge vont se mobiliser pour leur cause.

Une fille comme ça
de Sara Zarr traduit de l'anglais (États-Unis) par Valérie Dayre
« C'est Deanna, tu sais la fille qui... » Cette phrase, Deanna a l'impression de l'entendre chuchotée sur son passage chaque jour depuis quatre ans. Il est temps de tordre le cou aux rumeurs, de redresser la tête et de regarder le monde droit dans les yeux.

L'Île aux chats
de Kim Chungmi traduit du coréen par Yang Jung-Hee
Dans un bidonville où se réfugient les plus pauvres des pauvres, habitent Sukja et Sukhŭi, deux sœurs jumelles, et aussi les frères Tongsu et Tongjun. Lâchés par leurs parents, ils font cause commune dans la débrouille de chaque jour...

Ce qu'ils savent
de Charlie Price traduit de l'anglais (États-Unis) par Pierre Charras
Murray se réfugie souvent dans le cimetière. Il discute avec les morts. Un jour, il entend une nouvelle voix pleurer et appeler au secours. En ville, la police est sur les dents : Nikki a disparu. Comment Murray pourra-t-il faire savoir ce qu'il entend ?

L'Alibi
de Mikaël Ollivier
On m'a menti durant quinze ans. La politesse, la grammaire, le piano, la physique et le bac tout au bout pour se préparer un avenir... Fou-

taises ! La seule chose qu'on devrait enseigner à l'école, c'est que la vie peut basculer en un clin d'œil.

Et tu te soumettras à la loi de ton père
de Marie-Sabine Roger
Tu es mon père et je te crains. Ta religion ne sait se décliner qu'en interdits : tu ne nous élèves pas, tu nous rabaisses. La foi, entre les mains d'un homme comme toi, c'est une arme de poing. Je comprends que partir est nécessaire. Je veux vivre.

Faux raccord
de Per Nilsson traduit du suédois par Agneta Ségol
Il croise une jeune fille dans le bus et en tombe éperdument amoureux. Ils font connaissance. La séparation d'un mois pour cause de voyage aux États-Unis confortera leur amour, il en est sûr. Au retour, le malentendu éclate : grand amour pour lui, grande amitié pour elle.

Quand elle sera reine
de Rachel Hausfater
Depuis toujours Mira se nourrit de sa colère. Elle marche la tête haute. Malgré une mère trop vite envolée. Malgré l'amour qui parfois fait mal… Et, quand la guerre approche, Mira devient l'ennemie. Seule sa rage pourra la faire tenir debout.

Le Garçon qui pensait être de trop
de Bodil Bredsdorff traduit du norvégien par Jean-Baptiste Coursaud
L'hiver est rude à la baie aux Corneilles. Les réserves s'épuisent et Tink se sent de trop… L'arrivée de Burd va modifier la donne. Usé par sa vie d'alcoolique, Burd est encore un fin pêcheur. Il va initier Tink et, grâce à eux, personne n'aura faim cet hiver-là.

Né sur X
de Anne Percin
Otage des Gloums sur Terre depuis dix ans, Nicolas a décidé de retourner sur sa planète d'origine, retrouver les siens. Car il connaît maintenant la vérité : il est né sur X. La fiction sera son refuge, le temps qu'il accepte d'entendre qu'il est adopté…

Si tu n'existais pas
de Williams Crépin
Bercée par les chansons de Joe Dassin et de Michel Sardou, la vie de Fredo est tout sauf monotone. Alice, sa maman, lui cherche un père, un papa, à tout prix. En attendant, Fredo rêve de devenir un champion comme son idole, le nageur Mark Spitz.

Celui qui n'était pas encore le Che
de Christian Moire
Avant d'affronter leur vie d'adulte, Ernesto et Alberto partent explorer l'Amérique du Sud à moto. À force de débrouillardise et de persévérance, leur long périple les mènera à destination. Un voyage initiatique qui a forgé la personnalité de celui qui deviendra le Che.

Frères de rap
de Janet McDonald traduit de l'anglais (États-Unis) par Natalie Zimmermann
Nate a seize ans et vient d'Harlem. Contrairement à ses amis d'enfance qui vivent de petits trafics en tous genres, il a obtenu une bourse pour intégrer un grand lycée chic. Difficile de faire cohabiter ces deux mondes et Nate refuse de choisir.

À vos risques et périls
de Pascale Maret
Six adolescents choisis par Grave Productions affrontent des épreuves lors d'un jeu de téléréalité sur une île déserte. Enfin pas si déserte, pas si tranquille l'île... Nos candidats vont l'apprendre à leurs dépens.

Sur la touche
de Lars Saabye Christensen traduit du norvégien par Jean-Baptiste Coursaud
Otto veut jouer dans l'équipe de foot mais personne ne veut de lui, malgré ses efforts. Il s'entraîne inlassablement dans la cour de l'immeuble. L'été brûlant, alors que la ville est désertée, Otto ne lâche pas prise pour entrer enfin dans le match.

Nous sommes tous tellement désolés
de Jean-Paul Nozière
Au village, ils n'ont pas aimé voir débarquer Vassile, un étranger qui a hérité la maison de sa mère. Vassile veut comprendre... Comprendre celle qui l'a abandonné dix ans auparavant et qui lui lègue une baraque branlante au milieu des vignes.

La Fille au châle
de Bodil Bredsdorff traduit du norvégien par Jean-Baptiste Coursaud
Eidi se sent de trop dans la baie. Elle veut partir tenter sa chance. Puisqu'elle est douée pour les travaux d'aiguilles et de tissage, Eidi est embauchée chez Bandon, un marchand à la personnalité complexe.

Rien à perdre
de Marie-Sophie Vermot
Tess conduisait le tracteur qui a écrasé Sita, sa petite sœur. Depuis

elle a obéi à son père, elle s'est éloignée de lui. Comment ne pas renoncer à ses projets maintenant que plus rien n'a de sens ? Et si sa mère, perdue de vue depuis longtemps, pouvait l'aider ?

Tout doit disparaître

de Mikaël Ollivier

Frénésie des soldes, invasion des marques, publicités tapageuses et surconsommation... À son retour en métropole, tout révolte Hugo et le dégoûte au regard du dénuement qu'il a vécu sous les tropiques. Il entre en résistance.

Haro !

de Viviane Moore

À dix ans, Maël, dit le Renard, est un voleur habile, une vraie légende pour les habitants de Chartres. Pourtant, en cette année 1177, ce n'est plus de vol dont on l'accuse mais de meurtre ! Seul un homme peut encore le sauver : le chevalier Galeran de Lesneven.

Pas demain la veille

de Christophe Léon

De l'énergie à revendre, une lucidité à toute épreuve, un humour acide... Avec ce caractère-là, Loulou Antoine ne va pas se laisser vaincre par une petite maladie de rien du tout qui l'envoie à l'hôpital et lui fait perdre ses cheveux.

Mixité(s)

Collectif

Les clichés enferment. La religion et les différences culturelles définissent mais séparent aussi quand elles sont brandies comme des étendards... Comment mieux vivre ensemble ? Neuf nouvelles pour évoquer la notion de mixité.

Comment j'ai disparu

de Adrienne Maria Vrettos traduit de l'anglais (États-Unis) par Pierre Charras

Donnie se bat pour faire entendre sa voix au milieu du chaos familial. La maladie a fait son entrée à la maison, transformant chaque repas en guerre ouverte contre Karen, sa sœur aînée. Toute la famille a l'attention braquée sur elle. Étrangement pourtant, Donnie va s'affirmer.

Fille des crocodiles

de Marie-Florence Ehret

À Nanou, presque toutes les familles suivent les coutumes ancestrales. Mâ, la grand-mère de Fanta, ne veut pas entendre parler d'excision ni de mariage forcé. Fanta est un peu perdue au milieu de tout cela. Et sa mère est si loin !

La Théorie de la relativité

de Barbara Haworth-Attard traduit de l'anglais (Canada) par Jean Esch

Le jour de ses seize ans, Dylan est mis à la porte par sa mère. Sans toit ni ressources, il apprend à vivre dans la rue. Il y a des règles à suivre, des codes à comprendre... Malgré des amitiés occasionnelles, la vie dans la rue est une longue descente aux enfers.

24 heures d'éternité

de Hubert Ben Kemoun

Valentin file à l'anglaise pour retrouver Caroline qui l'attend du côté de Nantes. Son chemin va croiser celui de Zacharie, qui sort de cinq années de prison et espère bien récupérer son butin...

Deux sœurs en décembre

de Shaïne Cassim

Romy se plaît, se roule dans le chagrin et la tristesse. Et soupire en secret pour Athanaël, qui est accessoirement le proviseur du lycée où elle est en hypokhâgne. Un jour, elle franchit le pas.

Point de côté

de Anne Percin

Il y a sept ans, Pierre a perdu son frère jumeau dans un accident de voiture. Survivre est devenu si difficile que, peu à peu, il y a renoncé. Un suicide lent, par la course à pied. Mais c'est quand on ne croit plus à rien que tout peut arriver...

Une année douce-amère

de Pascale Maret

En cette année 1943, sous l'Occupation, l'école du village accueille des réfugiés, venus de loin. Émile, fils de paysans, se lance dans la résistance active, par amour pour Édith qu'il cherche à protéger.

Un été 58

de Jean-Paul Nozière

Dans la torpeur de l'été 1958, Justin est placé en famille d'accueil, dans un village. Il a quatorze ans, il est d'une aisance insolente avec les adultes. Pierre, fils d'instituteurs, élevé strictement, tombe sous le charme.

Hier encore, mon père était mort

de Mikaël Ollivier

C'est un choc incroyable pour Mathieu quand il découvre une longue et récente lettre, signée de son père, et qui parle de lui à chaque page… Son père n'est pas mort, il est en prison pour une longue peine à la suite d'un braquage.

Vers le large

de Annika Thor traduit du suédois par Agneta Ségol

La fin de la guerre devient réalité. Steffi et Nelli imaginent qu'elles vont devenir suédoises. Leur vie leur semble désormais dans ce pays où elles vivent depuis plusieurs années. Mais une lettre de leur père vient bouleverser ce fragile équilibre.

La Fille Corneille

de Bodil Bredsdorff traduit du danois par Jean-Baptiste Coursaud

Des personnages isolés se rencontrent petit à petit et finissent par former une mini communauté : une orpheline, un petit garçon à l'abandon, une femme en fuite avec sa fille…

Havre de paix

de Chiya Fujino traduit du japonais pas Sato Kyoko et Dominique Palmé

Quatre nouvelles évoquent la vie contemporaine au Japon. Les personnages flottent dans une réalité banale derrière laquelle affleure l'étrange, pas forcément où nous l'attendons.

Des tifs et du taf

de Janet McDonald traduit de l'anglais (États-Unis) par Natalie Zimmermann

Keeba et Teesha n'ont aucun plan d'avenir. Elles ont bien envie de devenir riches, si non célèbres, et ont de l'énergie à revendre. Oui mais quoi en faire ? Un salon de coiffure !

Le Si Gentil Monsieur Henry

de Clotilde Bernos

Monsieur Henry est un si gentil professeur de chant, tous les parents sont enchantés. Les parents, oui, mais les enfants ? Camille est terrorisée parce que derrière le gentil professeur de chant se cache un monstre pervers.

Tempêtes

de Hanno

Rose, Malika et Tahar se perdent dans la forêt. La pluie obscurcit l'horizon, la nuit tombe, le vent se déchaîne… Pour quelques heures chacun affronte l'excitation de vivre en Robinson, mais aussi la peur, l'épuisement.

Frères de sang

de Mikaël Ollivier

Un soir, le destin des Lemeunier bascule. Brice, le fils aîné, est arrêté, soupçonné d'être l'auteur de cinq crimes odieux. D'abord terrassé, mais convaincu de l'innocence de son frère, Martin se lance dans une enquête en solitaire.

Deux fois rien

de Marie-Sophie Vermot

Nuala est enceinte, même pas amoureuse, une histoire idiote dont elle a honte. Elle entre en seconde, l'accouchement est prévu pour Noël. Il lui faudra, bien avant l'heure, apprendre à être maman.

Les Carnets de Lily B.

de Véronique M. Le Normand

La vie de Lily B., alias Blachon, quinze ans, n'est pas un long fleuve tranquille : ses parents se séparent, Lily se sent moche et parfaitement incomprise... Mais l'amour rattrape même ceux qui n'y croient pas.

Le Plus Grand Matin du monde

de Kochka

Élie est plongé dans le coma. Il a sauté d'un toit... Son père accourt aussitôt de Beyrouth. Il avait cru bien faire en envoyant sa famille à Paris à l'abri des bombes et des balles perdues. Il ne s'est pas rendu compte que son fils grandissait sans lui.

Les Profondeurs de la mer

de Annika Thor traduit du suédois par Agneta Ségol

Tout va mal en ce début de troisième année en Suède. Steffi risque de perdre la bourse qui finançait ses études, alors que Nelli, sa sœur, rêve d'être adoptée par sa famille d'accueil. Bientôt, plus de nouvelles de ses parents en Autriche. Et le silence qui s'installe...

Foot d'amour

de Hubert Ben Kemoun

C'est le match capital pour l'équipe du CM2. Sylvain est gardien de but. Si les hourras des supporters le galvanisent, sur le terrain il pense à Solenn. Mais sur les gradins, Célia aussi lui fait des signes tendres, et pas seulement Célia...

Martin de Marseille

de Rolande Causse

Martin apprend que Francis, le père avec lequel il vit depuis toujours, n'est pas son vrai père. Du jazz plein les oreilles, il quitte Paris et débarque à Marseille, seul, à la recherche de ce deuxième père bien encombrant.

Nouvelles vertes
Collectif
D'énormes menaces pèsent sur l'avenir de notre planète : surexploitation des forêts tropicales, disparition d'espèces animales et végétales, usage massif de sacs plastique… Neuf nouvelles pour prendre conscience de la fragilité de la Terre.

Lise.
de Corinne Lovera Vitali
Le temps d'une immobilisation forcée, Lise va essayer de vraiment se parler. Les mots volent à son secours alors qu'elle est dans la pente. Et quand elle la remonte, Lise lentement consolide sa parole en même temps que ses jambes…

La vie comme Elva
de Jean-Paul Nozière
Lorsque ses parents apprennent leur licenciement, c'est Elva qui va les pousser à se battre. « Elva la rouge » qui distribue les tracts à travers la ville, prépare les banderoles, rejoint les occupants de l'usine et les piquets de grève. Une fille de son âge croise son regard, c'est le coup de foudre.

Jean Ier le Posthume
de Fabrice Vigne
« Je vais écrire un livre. » L'idée s'est imposée à Arthur, comme une évidence. Étape numéro un : un sujet original. Il parlera d'un roi de France dont personne, ou presque, ne connaît l'existence : Jean Ier le Posthume, qui a régné toute sa vie… c'est-à-dire cinq jours !

Une photo de toi
de Vincent de Swarte
Chaque week-end, porte de Montmartre, Julia fouille et déniche des appareils photo aux Puces. « Kaoku », un vendeur tout juste installé et qu'elle ne connaît pas, lui offre en cadeau un Weber fex avec une pellicule à l'intérieur.

Baïti baïtak
de Alison Bernard
Malik vient tout droit du Yémen rejoindre sa tante. Mais la France qu'il trouve n'est pas le paradis sur terre que vantait Nour. Tout y est gris, rétréci, froid. Malik est « à côté », en décalage, différent des autres.

Collection « Nouvelles »

Mi-ange mi-démon
de Thomas Scotto
Ados, adultes ou personnes âgées, tous veulent croire en la vie et se laissent guider, pour le meilleur et pour le pire, par les rencontres, les amours, les chances et les coups du sort. Chacun est double, entre rêves et réalité, entre espoirs et renoncements, mi-ange mi-démon.

Quelle mouche nous pique
Hervé Giraud
Le lycée, les copains, la famille, les filles, le désir qui tourmente, la débrouille pour se faire de l'argent de poche... Douze histoires entre le regret de la grâce de l'enfance et l'impatience d'être enfin adulte.

Mad Froggy
de Vincent Crouzet
Mad Froggy est chauffeur de Rikki, l'un de ces taxis-bus qui sillonnent la ville du Cap. Français excentrique, favori des marginaux, bête noire de la police, il véhicule toutes les catégories sociales. Une folle plongée au cœur de la nouvelle Afrique du Sud.

Tailles douces
de Jean-Noël Blanc
Une histoire dont le lecteur choisit la fin, vous en avez toujours rêvé ? Jean-Noël Blanc l'a fait ! Des nouvelles avec ou sans chute, une intrigue racontée de différents points de vue, un texte sans accent ou sans adjectif... Une foisonnante galerie d'histoires et de personnages.

Amour en cage
de Jean Molla
Il y a des moments que l'on traverse en sachant qu'on ne les oubliera jamais. En treize histoires, l'auteur nous invite à voyager vers ce qui, dans le quotidien, ne l'est justement pas.

Terrains minés
de Fred Paronuzzi
En France, en Irak ou en Afrique, par temps de paix ou de guerre, sous un régime démocratique ou dictatorial, le football est un langage universel, un passeport vers la diversité du monde.

Totale angoisse
de Brigitte Aubert
Tueur en série, évadé de prison, psychotiques livrés à eux-mêmes...

Une série de récits à suspense, du thriller cent pour cent, sang pour sang.

Pas folle la guêpe
de Hervé Giraud
Il a huit ans, douze ou quinze. Il nous raconte sa famille, ses plaisirs et ses doutes, ses courages, ses lâchetés... Sa vie. Il nous révèle les trésors inépuisables du quotidien.

Demain ça ira mieux
de Jean-Paul Nozière
Il y a des jours où tout va de travers. Avec humour, suspense et tendresse, Jean-Paul Nozière dresse le portrait de ces perdants magnifiques dont la vie est soudain au-dessus de leur force. Demain, ça ira mieux ?... On peut toujours rêver.

Périgord noir
de Louis Sanders
Le Périgord... Ses forêts giboyeuses, son foie gras, ses Anglais, sa Dordogne, ses châteaux... Ses crimes. Six histoires où le crime s'invite dans la vie de tous les jours. De la littérature noire qui sait toucher au plus profond de l'âme humaine.

Le Bâtard de l'espace
de Colin Thibert
Entre clonage, trafic d'organes, divorce parents-enfants et voyages dans le temps, dix nouvelles de science-fiction pas si loin que ça de la réalité et qui, par un humour dévastateur, dressent un portrait délirant et catastrophique de notre futur proche.

La Botte secrète
d'Éric Boisset
Onze aventures toutes véridiques, onze bêtises plus grosses et plus drôles les unes que les autres... Des nouvelles d'une grande fraîcheur qui saisissent ces rares moments de vie où seuls comptent l'instant présent et la certitude d'une éternelle jeunesse.

Noir américain
d'Armand Cabasson
Quand le rêve américain tourne au cauchemar, c'est tout le monde moderne qui vacille. En dix nouvelles à suspense, passant du pur thriller au polar psychologique, ce recueil coup de poing trace un portrait au vitriol d'une Amérique qui se perd.

Quand le sentiment…
de Hubert Ben Kemoun
Un recueil d'histoires d'amour… qui finissent mal! Avec beaucoup d'humour et un sens aigu de l'observation, l'auteur plonge les lecteurs au plus profond du ressenti amoureux, pour le meilleur, mais surtout pour le pire.

L'Écho des armes
de Yann Mens
Dans le métro, les mendiants ont des histoires qui se confondent avec l'Histoire dont on parle au JT. Tout comme celles des jeunes femmes africaines qui gardent nos enfants et dont on ne soupçonne pas le passé. Un tableau géopolitique contemporain des pays en guerre.

Le Chant des lunes
de Gudule
Les voyages forment la jeunesse, disent les vieux! En tout cas, ils permettent de découvrir des mondes bien différents des nôtres… et parfois inquiétants. Un univers fantastique et futuriste pour dix nouvelles tour à tour drôles et cruelles.

Tirez sur l'ambulance
de Colin Thibert
Peut-on rire de tout? Si certains hésitent encore sur la réponse à cette question, les dix nouvelles qui composent ce recueil vont leur ôter leurs derniers doutes. Toujours drôles, ces nouvelles poursuivent la grande tradition de la littérature de genre.

Des petits riens au goût de citron
de Régine Detambel
Parfois de petits moments passent comme une ombre et changent la vie durablement. Moments d'héroïsme ou de lâcheté qui, la plupart du temps, filent sans laisser de trace, mais que Régine Detambel a l'art de retenir et de rappeler à notre mémoire.

Un soir à Beyrouth
de Sélim Nassib
Le Moyen-Orient est l'une des régions du monde les plus troublées et martyrisées. Guerres, attentats, occupation, exil… les plus grands maux sont décrits à travers le regard de ceux qui en subissent chaque jour les conséquences mais n'en continuent pas moins leur chemin.

Par l'épée et le sabre
d'Armand Cabasson
Un monde gothique où les hommes perdent leur âme plus vite que

leur vie. L'imaginaire le plus démesuré se marie avec une rigoureuse vérité historique : le Moyen Âge est dépeint avec exactitude et les traditions japonaises ou vikings si bien décrites qu'elles nous semblent nôtres.

Couper court
de Jean-Noël Blanc
Enfin la réponse à la question : « Qu'emporteriez-vous sur une île déserte ? » Couper court, sans hésiter. Car tout y est. On y rit, on y frémit, on y pleure, on y réfléchit... Ce recueil est une leçon d'écriture, et une foisonnante galerie de personnages.

La Revanche de l'ombre rouge
de Jean Molla
Un téléphone portable qui sème la mort, un livre qui contient le destin de chaque humain, un centre aéré dont tous les enfants ne reviennent pas, un adolescent au talent diabolique, un festin de vampire... Fantastique, résolument fantastique.

Faire et défaire
de Mathis
À seize ans, Thomas travaille sur des chantiers tous les samedis. Pourquoi ? Parce que son père est maçon, et que c'est l'occasion de passer du temps avec lui. Mais surtout parce que ces journées chez les autres sont autant de portes ouvertes sur le monde des adultes.

Avec la langue
d'Adam Bagdasarian traduit de l'américain par Rachel Hausfater
L'adolescence est parfois une vraie lutte pour la survie : parfois de grandes aventures, des drames, mais le plus souvent ces moments de vie ténus, sur l'instant, mais que pourtant jamais on n'oubliera. Comme d'embrasser pour la première fois avec la langue !

Scènes de crime
de Brigitte Aubert
Crimes et trafics, vengeance, traque, séquestrations... Onze nouvelles à cent à l'heure qui dressent les portraits grinçants d'hommes, de femmes et d'adolescents à la merci d'un monde contemporain qui part en roues libres.

CET OUVRAGE A ÉTÉ ACHEVÉ D'IMPRIMER
AVEC UNE CLÉ À MOLETTE POUR LE COMPTE
DES ÉDITIONS THIERRY MAGNIER
PAR L'IMPRIMERIE FLOCH À MAYENNE
EN JANVIER 2012 (3e ÉDITION)
DÉPÔT LÉGAL : AOÛT 2010
N° D'IMPRESSION : 81577

Imprimé en France